文春文庫

トロピカル性転換ツアー

能町みね子

文藝春秋

トロピカル性転換ツアー

絵と文　能町みね子

まえがき

能町みね子と申します。こんにちは。今は物書きなどで生計を立てているものです。私はいわゆる性同一性障害というヤツで、平たく言うと「オカマ」だったんですが、のうのうとOLをやっておりました。戸籍上は男性でありながらふつうに女性の格好をし、会社にはバレずに約3年間、OL生活をマジメに送っておりました。

その体験談やらなんやらについては前作『オカマだけどOLやってます。完全版』で語っております。この本はその続篇。ついに手術して戸籍まで変えて、女になっちゃった篇です。もはや、オカマだったのも、そしてOLだったのも過去のこと。私はOL生活や副業のコラム執筆などでお金を貯め、わりと旅行気分でタイに行って性転換手術を済ませてきたのです。この本はそんな私の手術体験日記と、その前後のいろんな記録をまとめたものです。

御大・カルーセル麻紀さんのおかげで、性転換手術といえばモロッコというイメージを持っている方がいまだに多いようなのですが、いま、日本人にとって性転換手術のメインはタイです。日本でも受けられるんですが、当時手続きがかなり面倒だったうえ、ものすごく待たされるという噂でした。それだったら、技術的にも定評があるタイに行ったほうが早い。

私が行った病院は、リゾート地として有名なプーケットにありました。別に性転換の専門病院というわけではなく、かなり大きな総合病院です。2007年、乾季でいちばんいい季節といわれる1月に行ってまいりました。

ところで、私は当時、海外旅行未経験でした。だから、初めて行く海外旅行が性転換手術。心配が多すぎて計器の針が振り切れて、何を心配したらいいかも分からないので逆に気持ちは開き直っていました。性転換手術はふつう入院2週間、退院後は軽い観光も可、というくらいで、少し大きな整形手術という程度です。人間のかなり大事な部分をいじくりまわすわけだから大々的な手術になりそうに思えますが、経験者のブログなどをいくつか見たところ、わりと体への負担も少なそうです。

よーし、パーッと気楽に受けて帰ってこよう！　おもしろおかしい体験談を書いてやろう！　……と思っておりました。が。

あとからいろいろ事情は書きますが、入院体験は私だけ一筋縄じゃいかなかったんです。たいへんなことになっちまった。

まあ、そのへんも含めて、やけにリアルでときにハード、そして全体的にはトロピカルな入院手術体験記です。基本的には、きわどい表記も伏せ字なしでお送りします。元がブログの転載なので日記部分は唐突に手術直前から始まっちゃいますが、気楽にぜひ興味本位でお読みください。

目次

ツアー日記

にっこり

絵と文　能町みね子
デザイン　葛西 恵

イントロダクション

術前日記その1 HOW TO 性転換

性同一性障害のドキュメンタリーとか新聞記事には、よく**「心と体を一致させるために手術をする」**なんて書いてあるんですけど、これってどういう感覚なのか、ふつうはあんまり想像できないと思います。

……私もよく分かんないです。

そもそも、なんで性転換手術がしたいのか？　私の場合とても単純な理由である。

1　セックスしたい

2　温泉入りたい

3　手術さえしちゃえば戸籍の性別も変えられる

わかりやすい。ね。

その1。まずね、セックスもどきはもどかしいのなんの。相手が私に入れられないのはもちろんだけど、私は自分のチン子にさわられるのも気持ち悪いから、そのへんに気を使ったり使われたりしてしまって集中できないし、私自身もなんかびみょーなまんま終わってしまうような感じなのだ。

その2。温泉は、まあ、説明の必要もないですね。堂々と入りたいわけです。各種効能で癒されたいんです。そもそも女湯に入ったことがないから、温泉の基本的なルール（?）さえわからない。

その3。戸籍。これさえ変わってしまえば、いろんな場面でしちめんどくさい言い訳をする必要がなくなります。容姿が女で戸籍が男だと、ちょっとした申込などでも厄介なことが多いですが、法律上も女になっちゃえばこっちのものです。

そんなわけで、手術がしたい理由は、ものすごく実用に関することなのでした。

さて、せっかくですから、先に手術の方法について具体的にご説明いたします。これがまあ、おもしろいんです。私は医学のことなんかぜんぜん分かりませんけど、私が知ってる範囲で書いてみますね。細かなまちがいはご勘弁で。いわゆる性転換手術を、いまは**性別適合手術**って言うそうです。もとから心が女or男なんだから、体をそれに合わせるだけなのに、「転換」っていうのはおかしい！ってことらしい。わたし的にはそんなのどっちでもいいけども。で、英語での言い方を略して、**「SRS」**とよく言われます（Sex Reassignment Surgeryらしい）。男から女になるのも、女から男になるのもSRS。わたしは男→女のことしかよく分からないので、そっちの話だけを書きます。

最近はロハスだのスローライフだの、エコブームですけど、実はSRSも**リサイクル**なのです。つまり、マン子を作るには、元からあるものをリサイクルして使います。元からあるものっていうのは、もちろん、チン子です。

チン子で、いちばん感じやすいのは、いちばん先頭の亀頭とよばれる部分。その根元の棒の部分も、敏感です。そのへんの表皮は生かすらしいんですね。

つまり、チン子の中身の、海綿体とよばれるスポンジの部分（興奮すると血がたまってふくらむところですよね）を全部かきだして、皮だけを残して、亀頭のところをクリトリスに、棒だったところの皮をヒダの、陰唇とよばれる部分や膣の内壁にするらしいです。

　こうすると、性的な感覚がそのまんま残るらしいんですよ！……もちろん個人差はあるみたいだけど。ほんとに医学ってすばらしい！

　クリトリスとか陰唇のことは分かっているのですが、膣の開け方はよく知りません。どうにか肉のすきまに穴を開けるんでしょう。人のチン子が入らなきゃ意味がないですから、それなりの深さを開けてくれるようです。病院によって

は、深さを選べるというウワサも。

ただ、ここで問題なのは、わざわざ大穴を開けるわけですから、体にとってはキズなんですよね。ピアスとおなじです。だから、体としてはキズを閉じようとするらしいです。怖い。

閉じないためにはどうしたらいいか？

ピアスなら、ファーストピアスをしばらくつけていなきゃいけません。つまり、ナンカを入れとかなきゃいけませんよね。ナンカって、入りやすい形ですよね。そうなんです。入れておくモノがあるんです。

ダイレーターっていうものを入れます。

さすがにチン子の形はしていませんが、先端の丸まった棒です。太さも当然、アレくらいの感じ。ファーストピアスみたいにずっとつけっぱなしで

この話をすると、男の人は
わりとキュッとなるよね
海綿体をとってねー
キュッ

はなく、1日に2回か3回、1時間くらいずつ入れなきゃいけない（**ダイレーション**という）。

これがイヤなんだ。快感ならまだしも、けっこう痛いみたいで。しかも当然、手術が終わってから数か月は自分でやりつづけなきゃいけない。

だから手術後しばらくは、あんまり仕事できない気がします。でも、手術後すぐに仕事に復帰するつわものもいるようです。

そんなわけで、膣がうまい具合にできあがったら、おわり。あとは落ちついてから法的な書類をそろえて、戸籍も女にしてもらってオンナ完成、になるのです。

あ、もちろん子宮はつくりません。さすがに子どもは産めませんし……。たまに、子どもが産めるようになると勘違いしている人がいるんですが、ちょっと医学を買いかぶりすぎです。

術後は、コレ↓(クッション)が
あるとラクだとか聞くの
だが。
でも、なんか、
ぢみたいで
やだなあ、
と思う。

術前日記その2　ダイレとチケット

ＯＬ生活に日常をついやすうちに、もう手術まで1か月程度。

最近届いた術前の説明メールによると、ダイレーションが、さ。**「1日3回を6か月続けて下さい」**って書いてあるんですよ。

えー。せいぜい1日2回だと思ってた。2回なら、朝と晩、家にいれば何とかなる。でも3回は……。お昼にやらなきゃダメじゃん！　昼、友だちと遊んでて「ちょっとダイレしてくるね」とか、ない。無理。だってアレですよ。膣に異物を挿入する作業ですから。ベッドに寝ながらじゃないとできないという噂。私が読んだ経験談だと、そこまでしっかりやってる人いないんだけどなあ。

渡航チケットもついに買いました。お店のカウンターで。しかし、なにしろパスポートがＭだから、今回ばかりは「女性」で申し込むわけにはいかない。

だから、

お店の人「では、大人女性1名ということで……」

私「あ、男性です」

このやりとりがあるんだよな。

こういうとき私は、もう、すんごいサラッと言います。ためらいもせず別に開き直りもせずすんごいふつうに言う。

このとき何がイヤって、私がイヤかどうかよりも、これを言うと相手がとまどったり意味もなく謝ってきたりするんで、混乱させちゃって悪いなあ、って思っちゃう。ビジネスな関係だったら私はべつにバラしちゃってかまわないんだけども。

今回も「あっ……失礼しました!!」ってあわてて謝られてしまいました。恐縮です。失礼どころかむしろ良いことなのですが。まあいいや。

術前日記その3　情報交換

忘年会として、ネクタイをしめていた時代からの友人、Kと飲んだ。Kは手術に興味津々である。逆に、私はKに女性ボディの件で聞きたいことがたくさんある。これは利害関係の一致というヤツです。

ここから先ははしたない会話そのものをお届けしますので、お上品な方々はここで読むのをやめたほうがベターです。

あ、一応、会話の中でのチン子とかマン子とかは実際は遠回しな単語でしゃべってます。私らだってオトメのはしくれですもの。

K「……で、いつ行くの？」

私「2週間後」

K「は～。ホントすぐだね～。どうなるんだろー見てみたーい」

私「でもさあ、実際できてから（マン子の）形見ても、うまくいったのかどうかきっと分かんないんだよね。本物見たことないし。写真でさえ見たことないから……」
K「そっかー。まあ形は人それぞれなんだろうけどねー」
私「ちょっと、解説してよ」
K「えっマジで？ じゃあ図描こうか」
持参の仕事用のノートに自ら公共の電波に乗せられない図を描き始めるK。
K「ここがこうなってさ、これがね、この、ビラビラっていう」
私「え？ これは大（陰唇）？ 小？」
K「小だよ小」
私「で、クリは？」
K「このへんに、こんな感じかなー？」
私「えーっここなんだ！ へーえ」
K「でもさー、チン子の位置ってもっと、このへん（上のほう）じゃん？

ふつうのマン子とずれない？」
私「え、もしかして前付きってヤツ？」
K「ふつうに切り取ってそこに穴作ったらそうなっちゃうよね」
私「あ、でも別に切り取るわけじゃないから」
K「取っちゃうんじゃないの？」
私「あのね、こういうふうにさ、チン子があるわけじゃん？」

これまたずいぶんと分かりやすく、どうしようもなくはしたない図を描く私。もうKのノート（仕事用）は男子便所の落書き状態です。

私「それで、この先っちょと、棒の部分の皮は生かすわけ。で、中の海綿体ってところ、あるじゃん。それだけくりぬくの」
K「怖ーっ」

中学の男子便所並みになった
Kのノート
このノートもう仕事に使えないじゃーん
使え使えー！うっかり上司に見せちゃえ
K
私

私「で、先のところをクリにして、棒の所の皮を、うーんどうするのかなー。たぶんビラビラにするんだと思うけど」

K「あのさ、棒のところの皮って、ビラビラと素材がちがう感じがする。ビラビラはもっとやわらかいよ」

私「マジ？　でも海綿体抜いたらそんなふうになるんじゃん？」

K「そうなのかなー」

私「皮だけだもん、ほら、あのやきとりの鳥皮みたいな」

K「そんなんかなー。もっとやわらかいと思う」

私「いいよもう、できてからのお楽しみで……」

K「中はどうするんだろうね」

私「あ、中ねえ。どうするんだろ。穴ってさあ、そもそもどういう方向に伸びてるわけ？」

K「それはねー」

またまた人体図を描き加えるK。私は、横から見た膣の奥行きの形を教えてもらった。そしてKのノートはますます悲惨な状態に。
K「もとからの穴はどうなるの?」
私「元からの穴って?」
K「だって、先をクリに変えるわけでしょ? もともとの尿道があるじゃん」
私「おお! そうだね! 気づかなかった」
K「クリに穴あいちゃうんじゃないの?」
私「えーでもそれじゃ明らかにバレバレじゃん……。どうにかなるんだよ、きっと」
2人の疑問の正解は、手術後に分かるのでしょうけども。お互い、ずいぶんと露骨な情報交換でついやした、ためになる師走の夜でありました。

かなり素《ス》で
ものすごい質問をしている私。
中ってかんじるの？
えーそれはねー
K
わりとふつうに答える→
しかし私の絵はいつも飲み屋だな
ロコツすぎるのでここは中略。

術前日記その4　行ってくる

さて、これが渡航前最後の日記。

それでは、ぱーっと行ってきます。旅行感覚で。いや、仕事感覚かも。めんどくせーけど仕事だから行かなきゃな、みたいな。あ、会社ですか？　そりゃあいろいろ方法はありますよ。あんまり書くと会社にばれますから。うまいことやってますから。

そういえば、血が止まりにくくなることを予防するために、週1で打ってるホルモン注射を手術前1か月はやめなきゃいけないんですけども、体調はまったくなんにも変わってない気がする。

私もいろいろ下調べはしてまして、手術済みの人の体験談なんかもいろいろ読んでますが、「手術前にホルモンを止めるのが不安だった」「ホルモンを止めたら男性らしさが戻ってしまう気がした」なんて、けっこう書いてあるんですよね。

うわー私そんなこと考えもしなかった。んで実際なんにも変わってない。そういえば、ホルモンを始めた当初も頭痛だとか副作用がひどいって聞いてたのに、私には全然なんにもなかった。効果もよく分かんなかった。まあ結果としてほんのちょっと乳らしきものはできたけれども。こんなものをチチと呼ぶのは世間のチチに申し訳ないレベルのものです。

何なんだろうな。この身体のにぶさは。あんまりにぶいのも問題ですよ。

最近は会う人会う人に「もうすぐ手術って、こっちがドキドキするよ」と言われながら、その感覚がよく分からない私です。たぶん手術直前になったらやっとドキドキすると思う。そんなかんじ。

ツアー日記

-《マイナス》1日目

はじめてのひこうき

２００７年１月某日。いよいよタイに向けて出発の日。の前日。怒りを覚えるほど重いスーツケースを転がして、初めて成田空港へ。

タイへの飛行機は、朝早かったのでした。で、寝坊したら何もかも台無しだということで、前日は成田のホテルに泊まりました。これから起こるとんでもないことにドキドキして寝付けず、というようなことはまったくなく、とっても健全に爆睡。空気のピンと張ったすがすがしい冬の早朝、搭乗手続きへと向かいました。

私が今回の手術にあたっていちばん怖かったこと。それは、実は飛行機の手続き。

とにかく海外も飛行機も初めてなものだから、（いや、飛行機は20年前に乗ったようだが……詳しく覚えてない）前日に成田空港を下見するほどの念の入れよう。

ま、もちろんそこまで心配することもなく、きちんと案内どおりに行くだけで飛行機は順調に飛び立ちました。ＣＡさんはとてもキレイで、服がかわいい！

機内食はもしかしてタイ料理？とわくわくしたんだけど、「うなぎとカレー（日本の）、どちらにします？」とのこと。

「あ……、うなぎで……」

THAI
こんなかんじ？！
CAさんは
めっちゃ美人.
そしてユニフォームが
とってもキレイ…
だけど写真に
とりわすれ.
うろ覚え。

うなぎ、食べました。

で、私は空港で買った嶽本野ばらの文庫をあっさり読み終わり、ヒマになり、寝たり起きたり、前のバカップルにちょっとむかついたりしてるうちに無事バンコクに到着。

うわさによるとバンコクっつうところは1月でも暑いらしいべ、と、田舎もんの私でも村の生き字引に聞いていたので、もちろん上着をぬいでTシャツ1枚になりました。Tシャツには「デキシード・ザ・エモンズ」と書いてある。異国でバンドTシャツ。だいぶアホっぽいそんな自分が好きだよ畜生。

飛行機を降りると、暑い!! 暑いよ!! え、1月ですよ? これ、わざと? ドッキリかなんか? 私をおどかすためにわざと暑くしてますか? 室外だけど暖房つけてませんか?

何を考えたって暑いもんは暑い。そして空港の中

は冷房ききすぎで寒い。

異様に広いバンコクの新空港をさまよって、国内便に乗りつぎ、ついに、ついたよ。リゾート地。

そうです、私の入院する病院はプーケットにあるのでございます。成田から約10時間。テンションあがってきました。

0日目

マイペンライの夕べ

プーケットの空港の入国審査でやたらと待たされ、ついにタイ王国入国でございます。スーツケースを受け取り、両替所でお金を少々両替しました。

プーケット空港は小さめで素朴な空港。すぐに外に出られます。外に出ると、私の名前を掲げた、病院の運転手のSさんが待ってくれてるはずでした。が。

おいおい。動物園のパンダ待ちか、これは。いろんな札を掲げた老若男女が数えきれないほど並んでるじゃないか。

ずーっと見ていくと、端のほうに、無事私の名を掲げたSさん発見。よかったよかった。

しかし、のちに病院でいっしょになったYちゃんは、この場所でほかの怪しい人に声をかけられてうっかり車に乗せられるところだったと言っていた。油断禁物ですよ、まったく。

「ハロー」「ミネコ？」「イエース」と、そこから車に乗ってホテルに着くまで、初めての実践、英会話。しかし……通じない&聞き取れない。ああ、私もやはり典型的日本人、発音やヒアリングがダメなんスよね……と思ったが、いや、Sさんのなまりも相当なものだよこれは。タイなまりの英語、めちゃめちゃ聞き取りにくい。**「オベレッ」「オベレッ」**ってひんぱんに言うので何のこと

わいわい
MARY
KATE
LINDA
どこの空港も
こんなもんなの？
ものすごい数だったよ

かと思ったら、どうやら"operate / operation"（手術）のことでした。

車から見える景色はどこかほこりっぽいのだが、車は左側通行だし、ＩＳＵＺＵだとかセブンイレブンだとかの看板もあるし、そんなに外国に来た感がないなあ……と思っていたら、軽トラの荷台にすました顔で人が乗っている。何台も何台も、当然のような顔で荷台に人が……。あはは、やっぱりここは異国なのね。

そんなわけで、Ｓさんとお互いぎこちない英会話をしつつホテルに到着。この日は夕方にプーケットに着いたので、まずホテルに泊まり、翌日の朝にまた車で迎えに来てもらって入院するというスケジュールなのです。

ホテルは町の中心部の、大きな時計台

ブオーーン
←こんなのぜんぜんふつう。
バイク乗りなんかヘルメットかぶってない方が多い。

のある広場に面していた。しかしその時計が狂っている。ホテルの部屋の中の時計も狂っている。しかも分単位じゃなくて時間単位で狂ってる。いいかげんだぜ、タイ。……マイペンライ（気にするな）！どこの時計もずれてるから、私の時計がおかしいのかと思ったよ。

でも、ホテル自体は超豪華でとくに不満はありませんでした。ヒマなのですぐそばのコンビニに出かけて、「ヤギ乳ハチミツ風味」というなかなかけったいな飲み物を買いました。くさくてキツかった……。

カンパリロックの夜

夕食はホテル2階のレストランでした。お客はスカスカ。

まず飲み物メニューを出され、いらないのについ頼んでしまいました。当然英語メニューなので、全体に目を通すのがめんどくて、とりあえず目に入ったカンパリを。無難そうだし。

すると、あとから店員さんがもう一度やってきて「カンパリはロックか？」と聞く。いや、カンパリでロックはきついよ、と思いつつ、英語で割り方の注文をどう言ったらいいか分からず、えー、えーと、「あー……イエス……」。いやいやイエスって言っちゃダメだろうよ！と思ったが時遅し。カンパリロックが来てしまった。きっつー……。

食事は、システムがよく分からないながらもバイキング形式なので、てきとうにチョイス。けっこうおいしい。レストランの前のほうにはステージがあって、女の人が歌ってる。でもあんまりうまくない。数組しかいないお客もほぼ聞いてない。……カラオケか？でもずっと同じ人が歌っていた。歌手なのかなあ……。

ホテルの部屋は16階。けっこう広くて満足なのだが、厄介なのがシャワー。まずどうやったら出るのか分からない。シャワーの位置も動かせない。しかも、ちょっと濁ってる。でも、不快なほどじゃなかった。高級ホテルだし。

さて、日が明けて、さわやかに晴れた朝。朝ごはんをまた2階で食べて、チェックアウトしてSさんを待つ。ちょっとだけおみやげも買いました。ま、退院後も十分買う時間あるだろうし。……と思っていたが、まさかそのときはここで買ったおみやげが**唯一のおみやげ**になろうとは思いもしませんでしたよ。

Sさんは朝10時に迎えに来ると言っていたのだが、なにしろ広場の時計も狂ってる国だからなあ、Sさんもほんとに10時に来るんかなー、と思いながらロビーで待機。Sさんが来たらいよいよ病院にのりこみです。

シャワー
(位置は全く動かせない)
ふつうにひねると湯、水が出る
これは何なんだ?
シャワーが出せない…
水を出してからここを上にひっぱるとシャワーが出る(これがなかなか分からなかった)
ジャー
しくみを理解するまで時間かかった。

1日目

到着の朝

10時、いや10時数分前。きちんとSさんは来ました。まるで日本だ！ 時間きっちり！（あたりまえか？）

Sさんの車で、また微妙に噛み合わない英会話をしながら病院へ向かいます。私は「タイ語の数字は覚えたんですよ！」と言ってほこらしげに1から言ってみたりした。数字を覚えておくと、買い物のときにコミュニケーションした気になれていいもんです。

お昼のプーケットの景色はどこかほこりっぽく、ムッとしていて雑然としてパワフルで、想像していたのとそう変わらない。

そんなこんなで、病院へ到着です。かなり大きくて、明るい感じです。病院にありがちな、ズーンとした空気が皆無。なにしろ夏だから、そこらじゅうにエネルギッシュに花が咲いてます。暑い。

すぐに日本人コーディネーターのMさんが迎えに来てくれました。ここは国際病院なので、タイ語を話せない患者もたくさんいますが、Mさんは日本人から英語圏の人まで、通訳やもろもろの手つづきをしてくれているんです。

病院は、入るとすぐに、外来の待合室がある。私の場合はもちろん入院することが決まってるので、かんたんな手つづきと事前検査をしてからすぐに病室に入れる……はずでしたが。「ごめんなさい、今、前の患者さんがまだ退室してなくて空かないの……。ちょっとここで待っててね」と、奥のほうの事務室のようなところに通されました。

だいぶ時間がかかりそうなので、Mさんにことわって、現地で調達しようと思ってたものを買いに、となりのスーパーまで歩いて行ってみました。どうやら、日本にもあるような郊外型の超大型スーパーらしい。

買いものと待機の昼

さて、クソあちぃなか、トボトボと歩いてとなりのスーパーまで行きました。でかい。こりゃでかい。日本でもこんなでかいところ入ったことないや。外には露店のような服のお店が並び、中には食料品から雑貨、ケンタッキーやファミレス、ボウリング場、なんとTSUTAYAまであるよ……。すげーな日本資本。

時間もないので、タオルとか、必要な品をささっと購入。ホテルもお店もそうなんだけど、何か買うたびに「コップンカー」と手を合わせてくれるのがすごーくうれしい！

私はつい、外の露店でも巻きスカートとサンダルを買ってしまいました。さっそく覚えたての「ロッダーイマイカ?」（安くなりませんか?）を使ってみる。「ここ私のお店じゃないから……」と言いながらもちょっとだけ下げてもらったよ。

やったね。てゆーか、自分の店じゃないのに下げていいのか。いいかげんだなあ。そこがよい。

スーパーの外で
わりといいかげんに
やってる露店
このゆるさがよい。
でもこのくらいなら日本もあるかな

それにしてもタイは王様がとても尊敬されてんのね。お金にはぜんぶ王様の顔が載ってるし、道にも王様の顔がでーんと描いてあるゲート（意味は不明）が架かってたりする。

それと、私はタイの人というのはすべて肌が浅黒いのだと思っていたのですが、全然そんなことないですね。黒い人もいれば日本人と同じくらい白い人もいる。どうも白いほうがモテるらしい。テレビで見るタレントもほとんど白い。外見では日本人と全く区別つかないような人もたくさんいました。そんなもんなのね。来てみて初めて分かるこの近さ。

そんなわけで、タオルだの洗濯用具だの買い込んで病院に戻りました。そのあとは事務室でひたすら待ち時間。

お昼ごはんでは、フォーのようなものを出してもらった。

うまい。そしてヒマ。

次の日とんでもない手術がひかえている緊張感なんか全くない私でした。

へんな服の夕べ

事務室でヒマをもてあましていました私ですが、お昼過ぎに、病室に通されました。

個室なのは最初から分かっていたけど、広いし明るいし、とてもきれい！　外もよく見える。庭が工事中なので窓から見える景色はあまりよくないけれど、居心地はいいよ。

でも、個室で、部屋の扉も常に閉まっているから、ナースさんが来ない限りずっと一人になってしまうという欠点もあるのでした。

入室とともに、ヨーグルトドリンク４本とクッキーをもらいました。記念品のようです。病室に飾ってある花にもGET WELL SOONなんてカードがついていて、雰囲気いい。

そして、病衣に着替えることになりました。

この病衣が変だった。

上衣はともかく、下衣が……ただの筒状の布。しかも、ものすごく太い。ウエスト150cmぐらいだよ、こりゃあ。それを脇で引き絞って結び、巻きスカートみたいにするらしい。これはタイ流なのか、それともこの病院オリジナルなのか。

ちなみに女子だからピンクなのではなく、女も男もみんなピンクでした。かわいい。

さて、運転手のSさんによると、今なんと同時に4人も日本人が入院しているとのことでした。同じ国の人はスケジュールをまとめたほうがお互い話もできたりしていいだろう、という先生の方針によるもののようです。ま、あいさつは手術後でもいいかな、と思ってこの日は会わなかった。

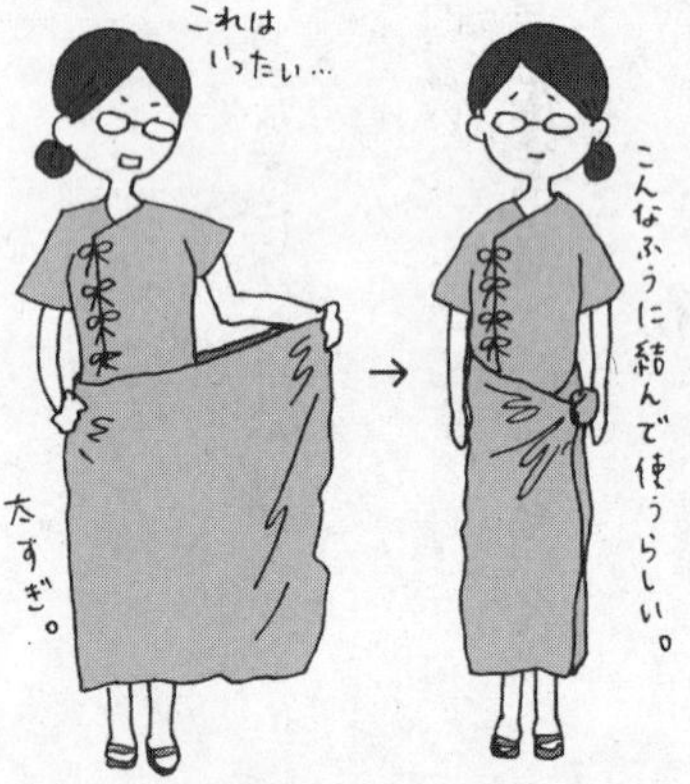
これは
いったい…
太すぎ。
こんなふうに結んで使うらしい。

テレビは多チャンネルで、NHKもやってる（「NHK WORLD」という国外向けの放送だけど）。国内ニュースなんか、日本にいるとき以上に詳しくなりそうだ。

ムード高まる夜

夕方、まずーい液体を出されて、飲んだ。そしてペットボトル2本のミネラルウォーターを渡され、これをゆっくり1時間半で飲みきってね、と言われた。腸洗浄があると聞いていたけど、どうやら単にこの下剤で便を出すということらしい。2時間後くらいから、順調にすごい勢いで尻水放射。何度ト

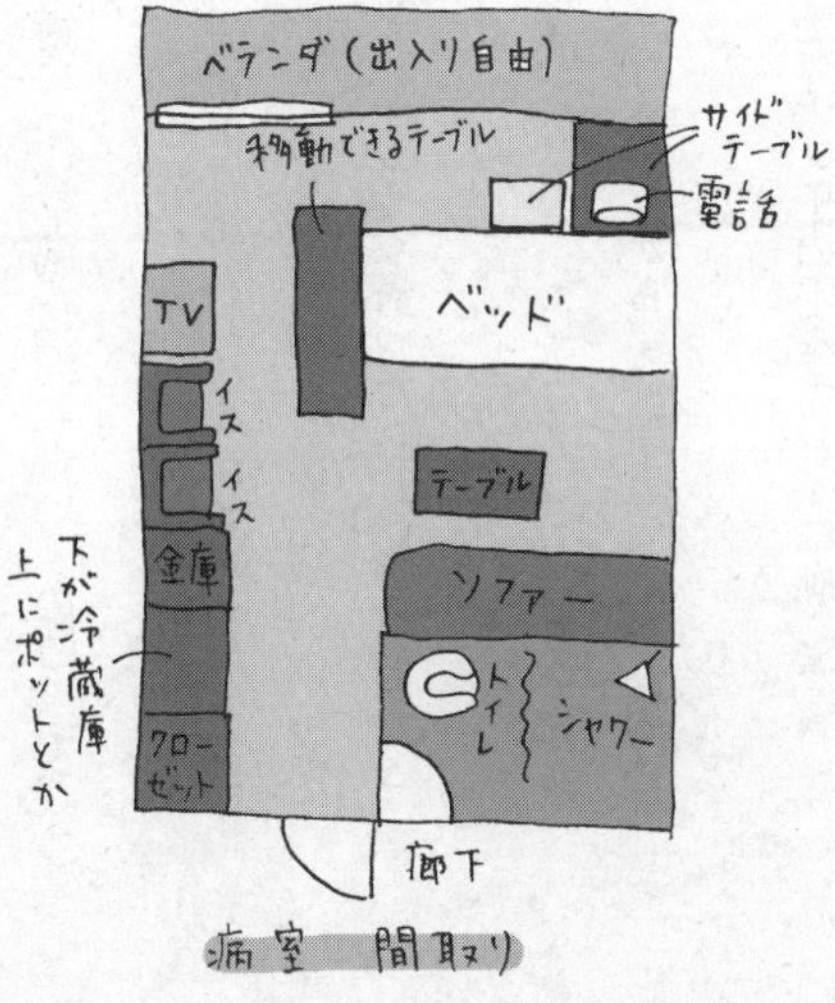

病室　間取り

イレに行ったか分かりません。いよいよ手術準備ムードが高まってきた、ような、気がします。

その後、執刀医のS先生とついに面会です。ネットの写真で見たとおりで紳士っぽい、優しそうな先生でよかった。**さっそくチン子を見せ**（って変態みたいだな）、診断。チン子の状態としては手術について特に問題ないとのことで、安心しました。

夜はチキンスープが来ました。あれ？ 手術前は絶食じゃなかったっけ？ 飲んでいいのかなあ？ と思ってナースコールしたものの、「これ飲んでいいんですか？」という英語が相手に通じない。Mさんももう帰ったらしいので聞くこともできない。

不安なままスープだけ飲んじゃった。具は、ちょっと心配なので残しました。スープが出たことについては結局最後までよく分からず。間違いだったのかもしれない。……マイペンライ。

さて、手術前の最後の一仕事、それは剃毛。チン子の毛をキレイに剃らなきゃいけません。これも夕方くらいに来るのかと思っていたけどなかなか来ず、夜8時半にやっと担当ナースさんが来る。2人がかりでベラベラしゃべりながら人のチン子の毛を剃ります。

いや、慣れっこなんだろうなあ。この作業。私もなんか事務的に考えてたし、特に恥じらいもせずゾリゾリやられる。

2日目

その朝

その剃毛担当ナースさんに、「明日は朝5時半にシャワーを浴びといてね」と言われ、消灯。なぜそんな早くに……？

ともあれ、おなかすいたし、朝も早いし、さっさと寝ました。翌日大きな手術をするという実感は相変わらずナシ。熟睡でございます。ま、実際命にかかわるような手術じゃないしね。

朝、目覚ましでしっかり5時半に起きてシャワー。この早さなのに、起こしには来なかった。リスキーなことするなあ。外でカエルが鳴いてる。

しばらくしてから、体温測定・採血をして、10時にストレッチャーで手術室へゆく。

手術室にはテレビがあったり音楽がかかってたりして、リラックスできるようになってます。麻酔医の先生もわざわざチャンネルをNHKにしてくれて、緊張を解いてくれる。でも、ここにきてもまだ緊張してない私なんだけど、これってどうよ。

手術台の上に乗ってもまだ実感がないんだけど……。

ああ、横のテレビで日本の天気予報やってるなあ……。

……と、そのへんからの記憶がございません。

背中から麻酔が入ったはずなんだけど、そのへんのプロセスもよく覚えていない。

次に目が覚めるのは8時間後のことである。

……ちなみに、なんでここまで詳細に書けるかというと、もちろん入院中にやたらと細かくメモを残しておいたからです。もっとイラストも描いておけばよかったと後悔している。

混濁する夜

気がついたのが18時。
実に8時間後です。
ドラマでよくある「意識を失っている人が回復

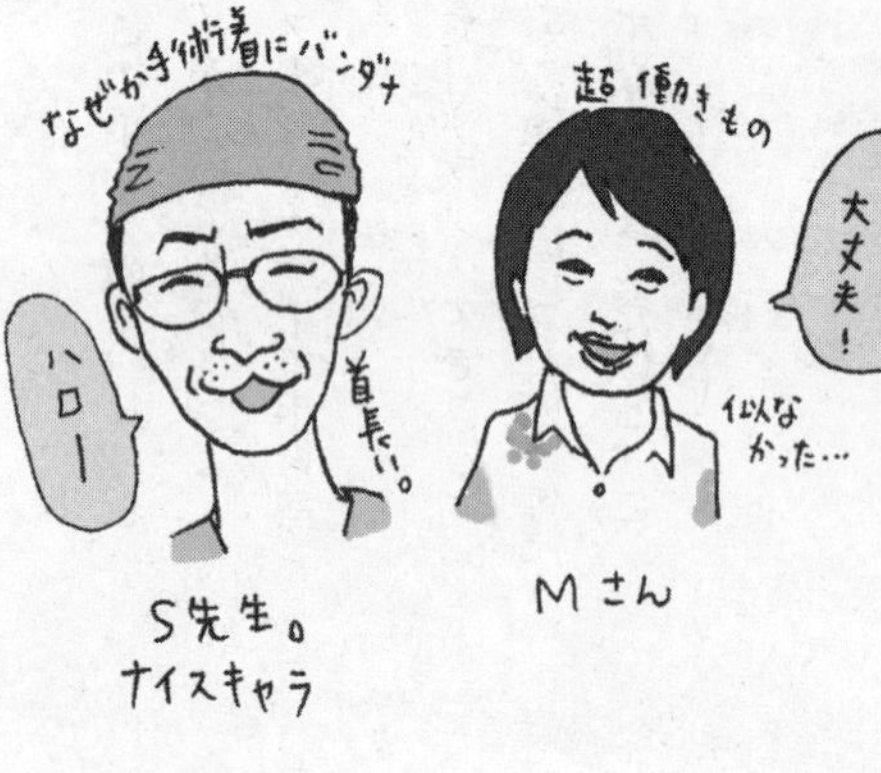

なぜか手術着にバンダナ
ハロー
首長い。
S先生。ナイスキャラ
超働きもの
心配しなくて大丈夫!
似なかった…
Mさん

する。シーン」……つまり、みんなが私を心配して見ているのがぼやーっと浮かんでくるというシーンをリアルに体験。

えーとえーと、ここはどこだっけ。

あ！ そうだ！

いきなり頭の中にぶわぁっと何かが押し寄せてきて、**やばいやばい！ あのことを言わなきゃ！** と最大限のパニックに陥った。

日本語で「あのこと」について必死で狂ったように（というか実際狂ってたんだけど）訴える私。途中で、あ!! ここ日本語通じないや！ と気づいて、今度は片言の英語でめっちゃまくしたてる。

しかしみんな「あのこと」を全く分かってくれない。私は赤ちゃんみたいに半泣きになって、ダダをこねるようにまくしたて続けた。

マジでこういう状況

まあ落ちついて落ちついて、と、ナースさんから深呼吸をうながされる。

スー。ハー。

「あのこと」はまだ気になるけど、少し落ちついた。

様子がマシになった私に、S先生がMさんの通訳で話しかけた。

実は私にはちょっとした持病があり（それは自覚済み）、日本での検査でもタイでの術前検査でも引っかからなかったのだが、持病のせいで実は術中けっこうヤバくなりかけたらしい……とのこと。

マジかよー……。と思いつつ、頭がボーッとしているのでまだ事態をよく分かっていない。

オレンジジュースを渡された。

ふと気づくと、のどがこれ以上ないくらいカラカラになってるじゃないか。人が止めるのも聞かず、私はストローで一気に吸いきろうとした。

あ、胃が受けつけない。うう。すみません、吐きそうです……何か持ってきて……あ、間に合わん。吐いた。

同時に失神。

……以上。

これが、手術直後のいわゆる**意識混濁・意識障害・譫妄《せんもう》**という状態のレポートです。いや、文字にするとなかなかハードだよな。

誤解のないために書くけれども、性転換手術でこんなことになったのは私ぐらいのもんだと思う。その原因が持病なのか、たまたまなのかはよく分からない。

「あのこと」というのも意味が分からないでしょうが、私だって今となっては全く意味が分かりません。あのときはとにかく何かを必死で訴えようとしていたのですが、まあ、要するに頭が錯乱してたんですよね。わー。単に、状態のヤバい患者が意味不明のことを叫んでいたという状況です。こえー。

みなさん、手術は健康なときにしましょう‼（矛盾？）

コラム

入院プロセス

本文中で私が失神してる間に、入院と手術のプロセスを軽く説明いたします。

一口に性転換手術といっても病院や医師によっていろいろ手法は違うんですが、私が行ったところは手術が2段階に分かれてました。

まず入院1日目は体調の検査。

そして2日目、第1段階の手術。いわゆるゴールデンボールは、必要ないので取ります。

ああそうそう、よく「ボールはもらえるの？」って聞かれるけど、私の行った病院ではボールの処理について何も聞かれませんでした。私もべつにほしくなかったので何とも言わなかった。たぶん私のボールはタイに眠っていることでしょう。安らかに。

チン子や袋の表皮は、一度取り払って、それを保存しておくみたいです。こちらはあとで使います（料理の解説みたいだ）。私は医師ではないので、保存方法については分かりません。そして膣となる穴を開けて、詰め物をしてキープ。

5日目か6日目に、詰め物を取り替える手術。

9日目か10日目に、第2段階の手術。前に取っておいたチン子や袋の表皮を、膣内の皮として移植します。

10～12日目は、皮膚移植を安定させるために絶対安静。歩行禁止。問題がなければ15日目頃に退院。

そのあと、できれば1週間程度は現地にとどまり（観光などは体が動く限り自由です）、そのあいだに一度病院に来て診察を受けることがのぞましい、と言われます。

全体的なスケジュールとしてはこうだったんですが、まあすでにここまでで分かるとおり、私は大幅に予定が狂ったんですけどね……。

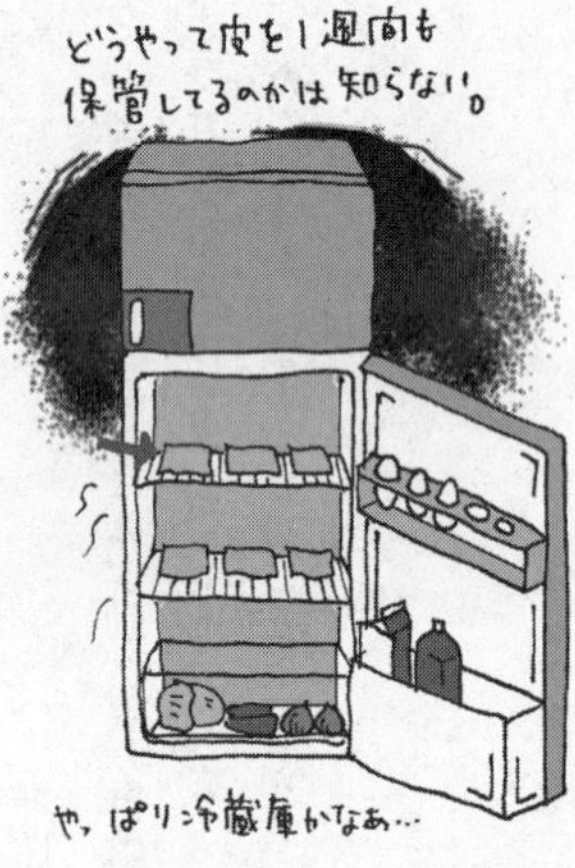
どうやって皮を1週間も
保管してるのかは知らない。
やっぱりに冷蔵庫かなあ…

コラム

3日目

？？？

失神後、再び目が覚めたのは、日が変わってたぶん深夜1時ころ。

「ここがどこだか分かる？」と聞かれた。

本当に分からない。怖すぎる。えーと。えー……。

ゆっくり考えたらだんだん思いだしてきた。ああ。タイに来たんだった。そうだそうだ。

どうやらここは集中治療室らしい。ナースさんが行ったり来たりしているのが見える。たまに私の所にも来て、点滴の様子を見たり体温を測ったりしていく。

熱は40℃。ボーッとしてる。

どうやら私はオムツをしてるみたい。なんか、ヤな感じ。

ときどき、自動的にベッドが動いて足が持ち上がる。血行が悪くならないためにこうしてるのかな。

ボーッと考える。

ボーッとしていたらもう朝になってた。

何回か注射を打たれたような気がした。よく分からない。

近くの柱に時計がかかっていて、それがゆっくりゆっくりと、下にすべり落ちてる。

???

なんでこんなことが起きるんだろう。ふしぎ……。

ずっとすべり落ちてるのに、ずっと同じ位置にある。謎。

ずーっと見ていても、この仕組みがよく分からない。なんで動いてるのに位置が変わらないんだろ。

ずーっと見てた。ずーっと……。

あ、天井もゆっくり向こう側に向かって動いてる。なんでだろう。

そういえば日本語が聞こえる。ここはタイのはずなんだけどな。ナースさん同士が日本語でしゃべってるみたいだ。「今日ごはん何食べた？」とか、ほんとにどうでもいい会話を日本語でしている。

うーん。なんで日本語がしゃべれるんだろう。タイ人しかいないと思ってたんだけど。

ふしぎ。

ふしぎすぎる。

ふしぎだなあ、と思っていたら、10時間くらいたってた。

なんだかよく分からないけど、もう病室にもどってもいいみたい。

ストレッチャーで病室まで運ばれた。

途中、病棟と病棟の間の渡り廊下で外気にふれる。空気がなまぬるい。もう夕方でした。

森が黄色く光る夜

ストレッチャーで運ばれて病室に戻ってきました。

病室の壁を見ると、模様の描いてあるところに、日本語がたくさん書いてあ

ふしぎに思うあまり、そこにきたナースさんに聞いちゃった（マジ）

りました。わけが分からないのから物騒なことばまで、いろいろ。

冷静な（つもりだった）私は、思った。ああ、これは前にここにいた患者さんがきっと精神的に不安定で、壁に落書きをしてしまったんだ。**こういうことはよくあるよね。**

ふと外を見ると、夕焼けがきれいで、

遠くの森の輪郭が黄色く光っています。

黄色く光って。

黄色く。

きいろ……

ボヤーン
病院の庭(?)は
工事中で、資材だらけ
こんなかんじ。

森が黄色く光るわけねーよ!!!

あ————!!! やっと正気に戻った!!!!
今までの、ぜんぶ、幻覚じゃん!!!! 今日打たれた注射（鎮痛剤）のせいか⁉ ああもう！ 時計がすべるのも日本語が聞こえるのも全部納得だよ！ あ————!!! スッキリ!!!

と、ここでいちおう正気に戻ったつもりだったんだけど、さらに驚きなのは、「いま幻覚を見てる」って分かってもまだ幻覚が見えること。病室のテレビの下にある"SHARP"のロゴは、見るたびに違う字に見える。この幻覚をおもしろがってメモに残そうとしたんだけど、自分の書いてる字が書くそばからどんどん違う字に見えてしまって、うまく字が書けない。

夜になってからも、隣の人（**ほんとは隣に人なんていない！**）から「点滴に黒いものが入ってない？」と言われたので心配になってナースコールしちゃったり、1時間おきに起きてはなぜか朝だと勘違いして「朝食はまだですか」といちいち聞いちゃったり。さんざん幻覚にもてあそばれた夜でありました。

結局これは鎮痛剤によるものなのか、術後譫妄《せんもう》（大きな手術のあとに一時的に錯乱状態になること）なのかはよく分かりませんでした。

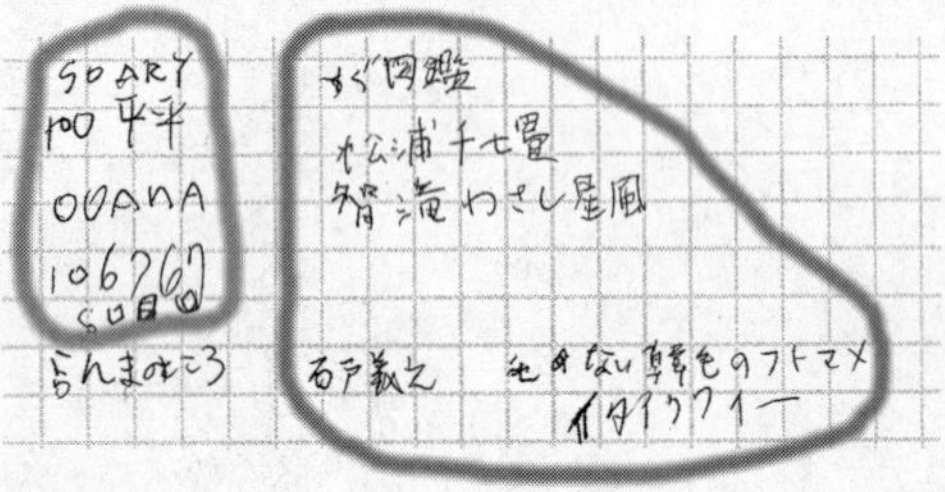

↑当時、幻覚を記録しようとしたリアルな奮闘メモ。
うまく字が書けてない。

左にくくったのは、本来“SHARP”のロゴがあるところに見えた文字。「SOARY」「100平平」「OOANA」「106767」あとは解読不能。

右にくくったのは、病室の壁に見えた文字。「すぐ図鑑」「松浦千七畳」「智滝わさし星風」「石戸義之」「毛のない韓毛のフトマメ」「イタイクワイー」意味不明です。ちなみに石戸義之という名前に心当たりは全くない。

「らんまのところ」というのは、文字の書いてある場所をメモしておこうとしたもの（病室に欄間なんかないけど……）。

4日目

体調を自覚する日

えっへへ……。正直言って、幻覚、たのしんじゃった。

夜はひんぱんに目が覚めながらもそれなりに寝て、朝を迎えました。起きて、朝は軽めの朝食。ホットケーキとバナナシェイクを食べました。

ああ、そうなんです、ここの病院は**毎回食事を選べる**のです。自分で。メニュー表があり、注文を取りに来るナースさんに毎回たのむんです。

メニューはもちろんほとんどがタイ料理。喫茶店系の洋食も少々。そしてどういうわけかシェイクが豊富。暑いからかな。たのんでみたら、シェイクというよりスムージーみたいでしたけど。

さて、食事も一応とれたということで、点滴を外してもらいました。ただ、食事のあとから、なんだかだんだん、だるくて苦しくなってきた。熱も40℃近くから下がってない。

昨日は幻覚半分で夢の中だから気づかなかっただけでした。体調……最悪だ。

この日は術後2日目ということでいちおう歩いてみてもいい日です。しかし、ためしにMさんについてもらって歩いてみたんですが、2、3歩で異様に疲れてフラフラになり、ギブアップ。

1時間前くらいに
オーダーとりにきてくれる。
Lunch…?
←ナースさんの英語は
ほぼカタコト
やたら
メニューが多い。
タイ語と英語
だから
よく分からん…
髪を下ろして
ボサボサの私
↑あとで日本語のメニューも
持ってきてくれた。

手術した部分は意外なくらい痛くない。カテーテルがあるから尿は勝手に出てるし、感覚もよく分からない。というか、そこの痛みなんか感じないくらい体調が悪い。

お昼を越えてさらに体調は悪化。具合がわるくてごはんが食べられない状態を初めて味わいました。私、いままで、どんなにひどい風邪をひいても食欲が全くなくなったという経験はなかったんです。

何も食べられないので、夜は点滴を再開。

起きあがるのもせいいっぱいだなんて……。こりゃあ生きて帰れるのか？

悶々としながら眠りにつく。

実体験レポートなので、このへんの数日は笑えねえ。

5日目

どん底の日

朝から危ない。

体を起こしたり水を飲んだりという程度のささいな行動で一気にだるさが来る。いや、「だるい」なんてもんじゃないんです。この危機感をあらわすちょうどいい言葉がない。なんか、やばい。これは怖い。

内科の先生が来てくれました。ふつうこの手術で内科の先生は来ませんので、客観的にも状態はよくなかったようです。

結局いろいろ調べて、問題ないと言われた。でも、私本人は現に体調最悪だから怖い。ネットで性転換手術記はいくつも読んできたけど、こんなに苦しかったっていう体験談なんか見たことない。もしかして私、なんか別の病気になっちゃったんじゃないの？

咳《せき》と痰《たん》が出たときは、少し死さえ覚悟した。痰が出るほどの咳って、弱った体にとってはすごく激しい運動なのです。

食事はほとんどできず、ずっと寝てばかり。ヒマだろうと思って持ってきた大量の本も読む元気がない。あたまが回らない。

麻酔医の先生とMさんは、ひんぱんに病室に来て見舞ってくれました。ほんとにお世話になりました。この日、わたしはどうにか日記を残していますが、かなり絶望的なことを書いていて、当時の悲観ぶりがうかがえます。

ま、いま思えば貴重な体験ですよ。えへへ。この日がどん底で、これでも翌日から上向きになるのです。

ベッドにいるあいだ
ずっと見ている景色。

ウツみたいにならなかったのは
絶対に気候がいいからだとおもう。
暖かいし、雨ふらないし(乾季だから)

6日目

さりげなく手術の朝

まだまだ朝から調子悪い。起きあがるのもきつい。ついにほてりもきた。声もかすれている。

ほてりというのは、要は**更年期障害**です。女性ホルモンを1か月ちょっと抜いているから、更年期障害的な症状が起こるのだ。まだまだ、術後数日なんだから……と自分に言い聞かせる。

いちおう毎日体は拭いてもらえるんだけど、5日間お風呂に入ってないので顔も髪もギトギト。それでも今日は**膣に詰めたパックを替える手術**の日なんです。

こんなに調子悪いんだから延期になるかと思ったら、先生は「イケる」との判断でした。手術室へ運ばれます。先生が手術イケるって思うんだから、たぶん病状も大したことないんだよね。と、すこし気分は楽になりました。

手術は局所麻酔なんだけど、麻酔が入ったらなんだか気持ちよく感じてしまい、もしかしたら寝てしまったのかもしれません。いつの間にか手術は終わってました。

痛くもないし、何が行われたのかよく分からん。まだ患部を見る元気はない

朝ごはんや 軽めに食べたいとき
よくたのんだ パンケーキ と
シェイク。
パンケーキはふつう。
トマトシェイクは…
私は嫌いじゃないけどね

のです。

お昼はホットケーキと、**トマトシェイク**。トマトシェイクですよ、トマトシェイク。トマト味で甘くて凍ってるんだよ。変な味。いえ、もちろん自分で選んだんですよ。つい興味がわいて……。

こんなものをたのむくらいだから、昨日よりは食欲が少しわいてきたのだ。全部は食べられなかったけど、だいぶマシ。

さあ、このへんから一度、体調上昇します。しかし、もっとあとになってもう一度下降する。

ついにヒマな午後

その日の午後。

また内科の先生が病室まで来てくれて、本当なら別の部屋でやるような検査を病室内でしてくれ、丁寧にモニタを見せながら私の体調を説明してくれる。今はたしかに状態はあまりよくないけど、この後の第2段階手術はそんなに問題ないとのこと。でも、説明は当然英語で、そのときたまたまMさんもいなかったから説明が半分くらいしか分かんなかったんだけどね……。英語の医療用語までは聞きとれませんよ。

しかし、すごく体調は悪いくせに、この、ふつうなら絶対に経験できない貴重体験にだんだん私はワクワクしてきた。病院のホスピタリティがとてもいいおかげです。あれですね、ドラゴンボールの「おめぇつえぇな！ オラわくわくしてきたぞ」と同じですね。

ところで、タイはほほえみの国と言われますが、ほんとうに誰も彼も目が合うとほほえんでくれる。毎朝部屋に入ってくる掃除のおばさんも、ちょっとこわもてなのだけど、目が合うとたんにニコッと笑って「グッモーニーン」と言ってくれる。ああ、ここはいい国です。

そして、だんだんヒマを感じるようになってきた。これはすごくいい兆候。だって、体調が悪すぎるとヒマさえ感じられないのだ。持ってきた大量の本も読む気になってきたし。

夜にはだいぶ食欲が戻ったけど、どうしても吐きそうで、スパゲティが最後まで食べきれない。でも、全体的には前日より格段に調子は良くなりました。人間の体は快復するようにできてるんだぜ。

朝来るそうじのおばさん
ちょっとコワモテ
グッモーニン…
クリーン…
ルーム…
OK?
みんなカタコト。なんかホッとします。
ガチャリ

7日目

クララの昼

夜中はときどき起きてしまったけど、朝の調子は悪くない。すごくカラフルでポップな夢を見ました。朝ごはんもわりと食べられた。

診察に来たS先生いわく、今日は歩いたらどうか、って。

うわ、ほんとに快復するもんなんだなー。確かにがんばれば歩けそう。麻酔医の先生も毎日病室に来て励ましてくれる。みんないい人だよ。……というか、今まで毎日来てるってことは、休み取ってるんですかね？　タイ人ってもしかしてすごい勤勉？

あとから聞いたところによると、先生たちは土日もなく働く一方で、まとめてドカッと休みを取るらしい。それもいいなあ。

ところで、私はしばらくホルモンを断《た》ってるだけあって、額のニキビがひどくなってきた。髪も顔もきちんと洗ってないし、もうそろそろ限界。せめて髪は洗いたい！　1週間も洗ってないよ。

少し快復してきていろいろ不満も出てきたので、Mさんに頼んでみたら、夕方にシャンプーしてもらえることになりました。

お昼はタイ風チャーハンをかなり食べました。いっしょにたのんだアイスティーが最初からめっちゃ甘い。この甘ったるさもタイ風だ。ふつうの日本人にはおすすめできませんが、実家が超甘党だった私にとっては美味でした。

午後からは、ナースさんを呼んでついに歩行訓練。2日後には第2段階手術なので、どうせまた歩けなくなるんだが。……ともあれ、点滴と尿パックをお供にして、クララが立った！

自分が出した尿がぶらさがってるなんて異様なんですけど、当時のクララはキャッ！恥ずかしい！とか、ない。歩くのに必死でそれどころじゃない。どーせ知り合いなんかいないんだし何でもあり。

ちなみに入院中は、患部が患部だけに**ずーっとノーパンです**。ノーパンの上にじかにあの変なピンクの病衣です。だからも羞恥心もなんもあったもんじゃないさ。この日の夜には格段に恥ずかしいできごとが起きたし。

すべてのおばあちゃんより遅いペースで、手すりにつかまりながら、のろのろ歩くクララ。ペースが遅いのは私の体調が最悪だからなのであって、患部はあまり痛くない。

立った！クララが立った！的な。

出会い☆の午後

廊下の手すりをたよりに、ものすごーいゆっくりペースで歩く。

同時にいた日本人の患者はわたし以外に3人。3人の病室にそれぞれ案内してもらって、少しずつあいさつがてらしゃべりました。

中でも東京から来ているYちゃんは入院日が私のすぐ1日後で、トシも近い……いや、ほんとはあんまり近くないけど私が7歳ほど若ぶれば近くないことはない……ので、いろいろとしゃべりました。Yちゃんは某ニューハーフバー勤務。もちろんお互いスッピンでご対面なわけですけど、かわいい……かわいいよアンタ。そして細い!!!

やっぱり異国の地で、しかも体にメス入れて、知らず知らずストレスはたまってたんでしょうね。同じ状況の人としゃべるとずいぶん落ちつくもんです。しかも、Yちゃんはサッパリしてて明るい子。ありがちな言い方だけど、元気をもらいました。このあとも、Yちゃんとはやたら行動をともにすることになるのであった。

ちなみにYちゃんは私と違って体調最悪ではないので、介助なしでゆっくり歩いたりできるようでした。患部は私より痛いみたいだけど。まあ痛みは人それぞれですもんね。

ちょっと歩いて疲れ果て、病室についたところでシャンプー隊が登場。ま、いつものナースさんなんですけどね。寝た状態で、頭の下にたらいを置き、手術用ゴム手袋をした手で洗う。首は疲れるし頭皮は痛いし、リラックスとはほど遠い……。

でも、1週間洗ってない不快感に比べたらなんてことないさ。

American screamの夜

夕食にはパッタイをたのみました。もう食欲は完全回復と言ってよいでしょうね。うん、調子いいね。

……と思っていたんだが。

NHKニュースで「そのまんま東、宮崎県知事に当確」を見ながら（そういう時期だったんだなあ）……パッタイの箸がまったくすすまない。

うすうす気づいてはいたんだ。私、手術前日以来ンンコしてないじゃん。6日！　6日間ンンコしてない。私どっちかというとンンコはスイスイ派でした。1日出ないだけでもかなり珍しい、くらいでした。6日って……。

食事中、それが一気にきたのだ。便意じゃなくて、「詰まってる感」だけが。上から何も入りそうにないくらい下が渋滞してる。苦しい。何も食べられない。

やばいよやばいよ。あわててとりあえずナースコールして、便秘がなんだかやばそうです、とアピール。

するとまず来たのは座薬。もう恥も何もない。オス！　座薬、押忍！

しかし全く苦しさは変わらない。座薬が全然効かないみたい。

そしたら来たよ。なんか緑色したスポイトみたいのだよ、これか。これが浣腸ってヤツなのか。もうしょうがないよこの窮地を脱出するには腸に液体ぶっこむしかないんでしょう、覚悟はできてます、いや、ほんとはできてません！　もうちょっと待ってほしい、**おお!!!!**

「行きますよー」的な合図も何にもなく一気に浣腸オンザベッド。生涯初の体験であった。

やっぱり、海外にいるからなのかなあ、私、もし国内の病院だったらグッとこの浣腸の気持ち悪さを耐えたと思うんですよ。でも、ここが南国で、空気がゆるんでて、ほほえまれたらついサワディカーってほほえみ返しちゃうような、心の壁が取っ払われたような状態だったので……尻まる出しで、絶叫につぐ絶叫!!!

そのあとも、数分おきにンンコがおまるオンザベッドに排出されていくそのたびに「ううう……」「うえぇぇぇー！」といちいち叫ぶ私。

アメリカの太ったおばさんが映画見ながらいちいち「WOOOW!!!」って大げさに叫んだりするの、なんか分かった気がする。日本人、恥ぢらひの文化が身に付いてるから、いろいろ我慢してるのね。私、タイに来ただけで恥ぢらひ文化が一気に消し飛んでしまったよ。私のSOULはアメリカの太ったおばさんになりました。

体の全てを見られ、絶叫しながら浣腸もされ、排出ンンコの処理もされ、この日をもって私もう怖いものナッシングですよ……。

日本国内でこんなに絶叫したことはないです

６日間ンンコしてない！ということについて、当時日記を書きながらつい私が思いついた渾身のギャグ

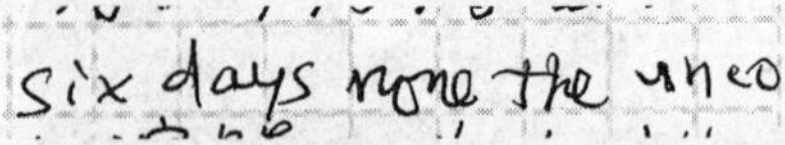

six days none the unco（点滴中なので字が汚い）

くっだらねえ……。
Kiss Meが好きなみなさん、ごめんなさい。私も好きです。
当時の私の快復ぶりを祝って恥ずかしながら掲載。

8日目

フィニート？の朝

昨日のンンコ騒ぎの疲れもとれない8日目朝。すこし体調は落ちぎみ。朝ごはん食べて、いきなりンンコしたくなる。まだ昨日のが効いてるんだろうか……。ひとり歩きは危なっかしいので、コールしてトイレまでヘルプ付きで行きました。

タイのトイレには小さな手持ちシャワーがついてます。ウォシュレットの代わりと言ったらいいのかな。スッキリ出したあと、足下がおぼつかないのでンコ後のオシリシャワーまでしてもらいました。もう昨日のことがあるから恥ずいもんナシ。……うそ。少し恥ずかしい。

ナースさんは、よく「フィニート?」って聞いてくる。トイレのときも、ドアの外から「フィニート?」ごはんを下げるときも「フィニート?」最初は分かんなかったんだけど、finish(ed)?ってことなのね。タイの人はシャシュショの発音が苦手らしい。

午前中、先生とMさんがいつもどおり回診に来ます。明日の午後3時から、予定どおり第2段階の皮貼り手術らしい。帰りの飛行機の予定を聞かれ、体調を考えるともしかしたらそれより遅くなるかも、と言われて少し心配になる。

お昼過ぎ、Mさんにクレジットカードを預けました。ここは入院代も手術代もカード払いなのです。楽な世の中だ。

どうやらMさんに時間があるみたいなので、ついてもらってまた歩行訓練をすることにしました。しかし、歩き出して廊下に出ると、ナースさん2人が飛び寄ってきた。スカート（的なもの）を結び直して、尿袋とか膣から出てる管とかをうまく病衣の下に隠れるようにしてあげたいらしい。

いや、しかし、ここ廊下ですよ。そして例によって私はノーパンでして、うっかりするとポロリっていうかバーンっていうか、そういう事態なんですけど……。「こんなところでやらなくても……」とMさんも苦笑い。でもまあ、私はもうシンコも見られた身だから何でもよかばい。

トロピカルカフェの午後

病室は3階。Mさんに付き添われ、エレベーターで1階におりてみた。まだ階段を歩けるほど体調が安定していないのだ。

1階は壁があまりなくて、風が吹き抜けるようになっています。

でも、暑いよ！　いま1月ですよ？　暑い！

テラスのようになったカフェがあり、そこでアイスを食べることにした私。暑いけど、ここは風が吹き抜けて気持ちいい。アイスの味は意外とあっさり目で、おいしかった。ふつうに座ると患部が痛いから、びみょうに体をななめにしながら座りつつアイスをなめる。カフェは病院経営みたい。ここは南国、トロピカルカフェなのさ。

……いや、トロピカルカフェと言ってみたものの、雰囲気としては「国道沿いの食堂」だな。トラック野郎が愛用しそうな、宮崎県あたりの食堂をイメージしてもらえればよいかと思います。宮崎行ったことないけど。

このとき、ここのメニューと、毎日の三食で注文するメニューは同じらしい、ってことが分かった。病院食なのに、ふつうのカフェメニューでいいんだろうか……？　いや、そこはマイペンライですね。

カフェの右側には個人経営の売店があって、おばちゃんがてきとーな感じでやってる。ゴロゴロでっかい果物を売ってたりクッキーを売ってたりする。Mさんは常にいそがしいので、「ちょっと待ってて」と言ってどこかに消え、なかなか戻ってこない。

ヒマだし足もとに少し自信がついたので、牛歩でゆっくりゆっくり病室までもどりました。中庭にはヤシの木（たぶん）がガンガン生えてるし、やっぱりタイだなあここは。外気を感じてかなり気分もよくなった。

病室に帰って、あ、歩けるうちにやっとかなきゃ、と思い、全く洗ってなくてギトギトの顔に1週間ぶりの洗顔&化粧水。とてもスッキリサッパリ。やっぱり少しは女子らしくしてないとさ。

あとからMさんが心配して病室まで来てくれたけど、いやいやどうにかひとりで歩けましたとも。それよりヒマでヒマで。テレビもNHKか音楽チャンネルかスポーツくらいしか見るものがなくて飽きるし。

食欲も快復したけれど、食べるという作業にはまだ疲れちゃう。あした第2手術、だいじょうぶでしょうかね？

さて、この頃にはだいぶ気持ち的にも落ちついてたので、この日にメモしてた正直な「新・マン子」の感覚を書き写してみる。

＊「何かがなくなった」というよりも、あそこの部分が小さくまとまった、っていう感覚。

＊尿道はカテーテルを入れてるせいで、しっかりと感覚がある。

＊咳をするとマン子に響いてしっかり痛い。でも、いつも痛くてたまらないというほどではない。

まだガーゼやテープでしっかり止められてるので、この時点では、患部のどこがどうなったのかは見るに見られません。

売店（写真とってなかったので
うろ覚えです。）
やる気なさげ
やたら話しこんでるおっさん
アイス
このへんが
タイらしい。

9日目

手術前の昼

6時に起こされ、8時前にサラダをほんの少し食べました。今日は膣の皮貼りの第2段階手術なので、8時から絶食です。

10時ころ、Mさんが来てくれたので、今後3日歩けないことを考えて歩いておく。第2段階手術後は移植した皮膚がきちんとつくように、3日間ベッド上で絶対安静なのです。歩くペースは前日よりマシだけど、やっぱりおばあちゃん並み。意味もなく1階に行ってまた帰ってきました。

便器に座ってみるものの、ンンコ出ず。あーこの調子だとまた便秘になりそう……。昨日はあんなに出たのに。

ところで今の私のマン子には、尿カテーテルのほかに膣にあたる部分にもチューブが挿さってて、そのチューブは壁の装置につながっており、軽い力で吸引されています。そのほうが治りが早いのだそうだ。ベッドから離れて歩くときは膣チューブのほうは外してゆきますが、戻ってきたらまたチューブをつなぎなおします。そのとき、膣がキュッて吸われる感じがする。わ、穴あるよ、たぶん……。と、この瞬間に実感しちゃうのだ。

この日は、立つと股間が痛かった。ズーンとくる、下に行く痛み。確かにカラダ的には大ケガをしたんだなあ、何かが無いなあ、という感じが少ししまし

こんな状態。

膣からのチューブには
吸い出された血とかが
こびりついている。

た。

手術までヒマなのでテレビを見ていたら、なぜか昨日と2日連続で「シャルウィダンス?」(日本版)をやってるチャンネルがある。CSの映画チャンネルかな。日本語音声で、中国語と英語の字幕がついてるのが変な気分。というか、タイ語字幕がない。ここはタイだけど、CSは香港あたりと一緒なんでしょうかね。

ベランダに来る南国の鳥の鳴き声を楽しんだりしていた、ちょっとリゾート風な午後1時ちょっとすぎ。手術室へのお迎えが来ました。

あれあれ、昨日は3時って言ってなかったっけ?と思いつつも、ま、ここはタイだから。遅いのも早いのもマイペンライだから。

野獣の夕べ

そんなわけで、予定より早く1時すぎに手術室へ。

前回の手術後あれだけきつかったのに、あんまりビビってない私も変だ。たぶん南国にいるから心もゆるんでるのだ。なるようになるさ、っていう感じ。

このときは陽気な青年（アルバイト?）が、歌を口ずさみながら私をストレッチャーに乗せて手術室へ運んでくれました。こういうところがいいよね、タイ。

おや、また前と同じ手術室だ。壁にタイル模様がある八角形の部屋。

今回は下肢の局所麻酔だけど、またいつの間にか寝ていて（気を失ったのか?）

……、気づいたらどこだか分からない場所にいた。周りに全く誰もいない。え?

いいの?

遠くから忙しそうな声が少し聞こえるけど、体を起こせないしメガネもかけてないから（私はド近眼）、周りで何が起こってるのかも分からない。どうもこの部屋には私以外誰もいない様子。えーと。今はどういう状態？　困ったなあ……。

あ、だんだん痛くなってきた。あー。痛い。痛い。痛い……。

痛い!!!　うわー！　痛い痛い！　麻酔切れてきたよ！　ちょっと！　痛いよ！　なんで誰も来ないんだよ！

なぜか肛門のあたりが猛烈に痛い。あんまり痛いので、とにかくどうにかしてほしくて**「Heeeeeeeeeeeeelp!!!!!!」**と何回も絶叫。

しばらくして、やっと1人ナースさんが来たので必死で痛みを訴えたけど、何か言ってすぐどこかに行って戻ってこない。待て!!　どうにかしてよ!!　ちょっと!!!

しまいには手をバシバシバシバシ叩きながら**「アー――――!!!!!ウオー――――!!!!!」**と、泣きながら野獣のように叫んで人を呼ぶ。

理性なんかない。だってもう、ほんっとに痛いんだもん……。

ずいぶんほったらかされたように感じたけど、そのうちまたナースさんが何人も来て、でも特に処置はなくて、夕方頃には病室に運ばれた。痛いまんま。

1回目の手術は完全に失神してたから逆に楽だったけど、今回は意識がしっかりしてるから痛さがきつすぎる。もう、泣きそう。右に寝返っても左に寝返っても痛い。夜はシェイクを飲むのでせいいっぱい。

夜中、耐えきれずにナースコールして、また肩に鎮痛剤を打ってもらいました。また幻覚見るかな……？　とちょっと期待したけど、見なかった。でも、痛みが引いてだんだん体がぼやーっと気持ちよくなってきたので、今のうちに……と思ってさっさと寝ました。

……そして、ヒマでしょうがない数日が始まる。

たぶん こんなかんじだったと おもう
扉の向こうに私
ウォー!!
オ゛ア゛ー!!!
出産か!?

10日目

飛び出さない日

朝。やっぱり痛いけど、昨日の絶叫時代に比べたらずいぶんマシ。チン子の先と袋の根元が痛い、って感じ。もちろんもう違うものになってるはずだけど、こう感じてしまうんです。

今日はなんだかおならがたくさん出ます。便秘の予感。

朝のメニューは「フルーツ盛り合わせ」が好きで、よくたのみます。この間はバナナ＋スイカ＋パインという平凡な取り合わせだったけど、今日はスイカ＋リンゴ＋赤いマンゴー。南国風でちょっとうれしい。疲れつつも、どうにか完食。

その後、体を清拭されてるときに先生が来て、「激しい咳とかくしゃみをすると、**溝**（新しい皮膚を貼った部分。ワレメの内側？）**が飛び出すことがある**から、気をつけて」と言われる。怖すぎ!! 飛び出るんかい！ 想像もつかないよ。

そして今日はベッドから出られないので、ヒマでヒマでしょうがない。……と私は日記に書いている。

ということは、もう昼にはほとんど痛くなかったということですね。前日から比べると、快復ぶりがすごい。でも、ちょっと寝返りをうつだけで「もしかしていまマン子飛び出ちゃったんじゃ……?」と、心配になったりもしていた。

ヒマなので爪を切りたくなって、ナースさんに爪切りを借りたけど、なんと指の力がなくて爪が切れない。うわー体力衰えてるなあ……。

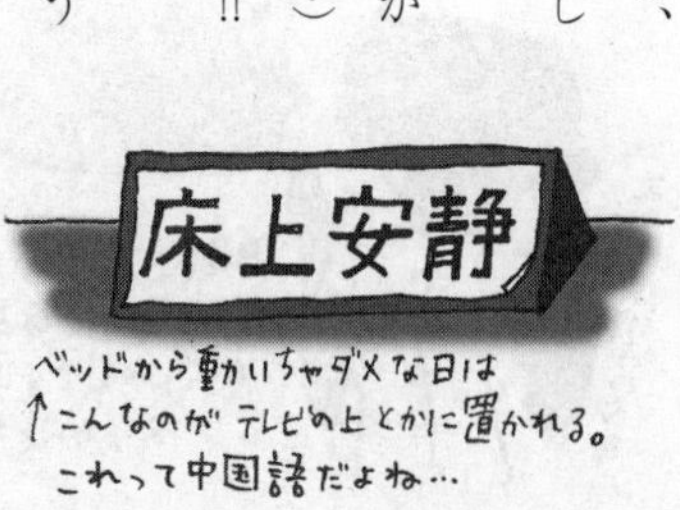
床上安静
ベッドから動いちゃダメな日は
↑こんなのが テレビの上とかに置かれる。
これって中国語だよね…

その後もただただヒマなので、本読んだり、テレビ見たり、ついつい新しい場所を気にしてガーゼの上からマン部を触っちゃったりしてやり過ごしました。

夜寝る前にはたまに、かわいくて明るい元気なナースさんが来て励ましてくれます。この子がほんとにいい子なんだー。名前を聞くと、「Call me Kate!」って言ってくれた。名札のタイ語はもちろん読めないし、そこにアルファベットで書いてある名前もふつうにタイらしい感じなんだけど、通称はKateなのかな？ どうもタイ人には英語風の通称があったりするらしい。

まあ細かいことはマイペンライです。Good night Kate! と言って就寝。

ハーイ MINEKO! HOW ARE YOU!?
明るい KATEにはほんと かんしゃしてます。 ありがとう。
スタイルがいいんだー

11日目

さなぎの日

この日、「ナイストゥミッシュー！」と言いながら朝の体温チェックに来てくれたのはKateでした。

毎日会ってるんだから全然ナイストゥミッシューじゃないんだが。お互い片言だからうれしくなっちゃうよ。

プーケットの朝は、いつもきもちいい。乾季だから雨降らないし、暑すぎないし、吹き込む風もきもちいい。本日の朝もフルーツでございます。マン子もあまり痛くないし、爽快だね。

……いや、髪が臭い。子犬くさい。きもちよくないな。

午前。先生が回診に来て、「調子も悪くないから、オープン（マン子を白日の下にさらす日）が1日早まるよ」と言う。え？ もしかして明日もうオープン？

お昼は「黄色い麺炒めプーケット風」とかいうものにしました。これはメニューの中でいちばんおいしかった。タイ風・汁あり焼きそば。

病院食には、砂糖や醤油や辛そうな調味料（不明）が毎回ついてきます。私は使わないんだけど、タイってどこでもこうなんだね。病院でさえ。

体のほうはと言えば、今日もあいか

ナイストゥミッシューハウアーユー！

服もカワイイ。

この日の朝のKateは毎日会ってるのにあいさつが「ナイストゥミッシュー」でした。カワイイ。

チとシの発音があいまい。

OH

わらず寝返りと上半身を起こす以外に動いちゃいけないんだけど、ふと横をむいて寝たときに足を揃えてみると、お！やっぱりチン子ない！って実感がモリモリ出てくる。うわー！ほんとにやっちまったんだ私！いやー、すごいことしたもんだ。思わずゾクゾクする。うひひひ。

昼過ぎ、Mさんが来たときに、子犬くさい髪が耐えられなかったので2度目のシャンプーをおねがいしました。

それにしても、予定だとあと数日で退院なのだ。ほんとにだいじょうぶなんでしょうかね……。そしてまたンコの出ない日が数日続いているという事実。怖い。

私はこの日、寝っ転がりながらヒマにまかせて考えごとをしていて、この寝るしかない3日間を羽化する蝶になぞらえたりしていた。ほんとにそういうふうに日記に書いていたのだ。なんだ、どうしたんだいこのロマンチストめ。

羽化も間もないんですよ。

こんなのが
毎回ついてくる。

12日目

思わせぶりな日

朝、今日はどんよりと痛い。このどんより痛いのはたぶん、新・クリトリスだ。あと尿道も。

フルーツの朝食後、部屋の清掃、そして私の体の清拭という、いつもの朝。毎日の清拭のとき、最後にシッカロールをまぶしてくれるんだけど、そのシッカロールの名が“KODOMO”。なぜ日本語なのだろう。

お昼ころ、ついに久しぶりの便意が来ました。ああ！　お願いだからオープンを今日にしてほしいです。ンンコオンザベッドはイヤです。立って歩いてトイレに行きたいよ。昼食も半分しか食べられず、読書で便意をまぎらわせる。

3時半、ついにオープンのためのセットのようなものをナースさんが運んできました。来たよ来たよ！　ついに！

ナースさんは、ダイレーター（例の、マン子が縮まないように入れるもの）を笑顔で見せてきました。初めて見る実物。え、絶対ムリだろそれ……!!! うそー……。マジでそんな太くて長いの入れるの？ 内心ビビる私に、笑顔のナースSさんは「ドクターが来るまでちょっと待っててね」などと言って出ていく。

……そして誰も来ず2時間経過。

……おい。いや、マイペンライですけど、それは分かってたけど、でも、そこまでオープンを期待させといてアンタ……。

結局、準備グッズだけが置いてあるまま、夕食の時間になってしまった。後から聞いたら、「ドクターはオペが長引いちゃって」とのこと。えー……。

結局今日はナシなんですか。まだ立っちゃいけないんですか。もうンンコがだいぶ限界なんですけど……。やっぱりまた浣腸……？

まあ、目の前に置かれたダイレーターを見ながら食事をするのも乙なものです。嘘です。全く乙ではない。大いに疑問があるのである。……マイペンライ。

その後、どうしてもンンコっ気がぬけず、あきらめてナースコールしてベッド上でできるおまるを持ってきてもらったんだけど、……出ない。何しろ、ふんばると「マン子が飛び出る」なんて言われちゃったから、ヘタに力めない。うおー。きつい。便秘ってこんなに辛いのか。

結局、期待させられながらオープンもなく、ンンコのことばかりで終わった1日でした。

13日目

新装オープンの朝

朝9時すぎ。先生とMさんが来て、ついにオープン！ 今度こそオープン！ 朝っぱらから！ 昨日さんざんじらされたけど、今日は心の準備が足りない。

まずはマン子を覆うテープやガーゼをはがします。激痛かと思ったけど、ふつうにバンドエイドをはがす程度の痛みだった。尿道カテーテルを取るのも意外と痛くない。

そして、マン子に入れている詰め物を取る。これも意外と痛くはない、けど、ンンコをひっぱりだされるような、非常に変なかんじ。

そして、例のブツ、新装大開店。鏡で見せられた。

NO IMAGE
(ここにイラストがあると
思ってください。
さすがに描けねえさ)

おおお! **ぐ……グロいよ! しかも開きっぱなし! ……に見える!** このマン子、きちんと閉じるの? ガラ空き感が大きいんですけど。

たまに見る、割ったときに真ん中のあたりがスカスカになってるイチゴとか桃とか、いちじくが熟して割れたところとか、そんなイメージのグロさ。穴、でけー。

マン子ができたのは感動というよりも、衝撃でありました。先生は、ここが大陰唇で、ここがクリトリスで……と説明してくれたのですが、グロくていまいち直視できず、その日はどこが何なのかよく分かりませんでした。

マン子開闢《かいびゃく》の衝撃も薄れぬまま、**ダイレーション**の説明が始まります。せっかく開けたマン子（肉体的には大ケガなので、閉じようとする）が縮まないように、棒（ダイレーター）を入れるという作業。棒は6本セット（№1〜6）で、太さが少しずつ違う。それぞれ、深さの目盛りが4、5、6インチのところについています。それを使って、その場で実際にやってもらいました。

まずはアルコールを浸した脱脂綿でダイレーターを拭き、潤滑ゼリーを塗り、ゆっくりと№1（いちばん細い棒）を膣へ入れる。

まあ分かってはいたことだけど、全然きもちよくない。むしろ痛い。激痛じゃないけどけっこう痛い。で、入れたまましばらく押さえる、と。深さ5インチまで入りました。おおー。入るもんだねえ。怖いけど。

そのまま十数分入れておいて、そのあとは薄めた消毒液をスポイトに入れて

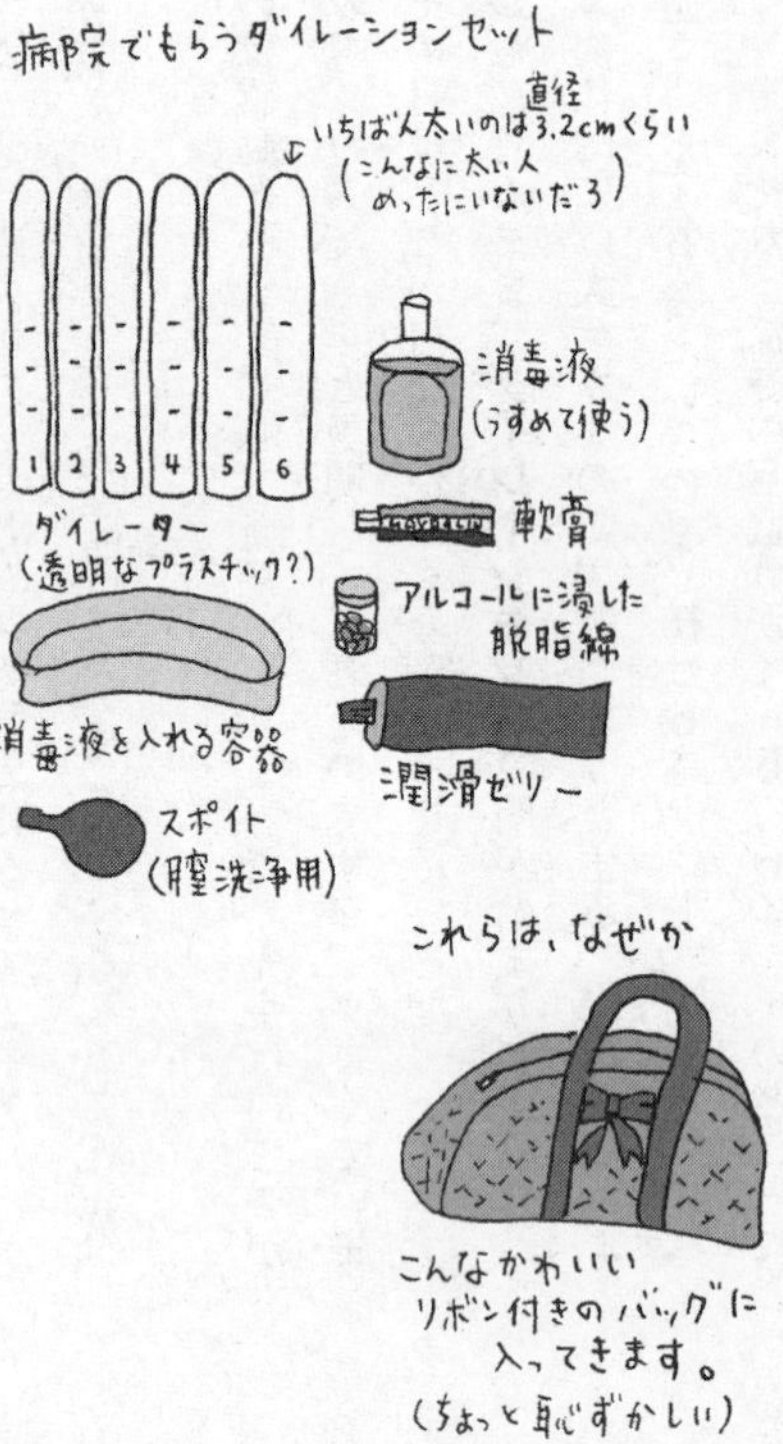
病院でもらうダイレーションセット
直径
いちばん太いのは3.2cmくらい
(こんなに太い人
めったにいないだろう)
1 2 3 4 5 6
ダイレーター
(透明なプラスチック?)
消毒液
(うすめて使う)
軟膏
アルコールに浸した
脱脂綿
消毒液を入れる容器
潤滑ゼリー
スポイト
(膣洗浄用)
これらは、なぜか
こんなかわいい
リボン付きのバッグに
入ってきます。
(ちょっと恥ずかしい)

膣内を洗い、周りをふき、軟膏を塗って、おわり。

初回は№1だけを入れたけど、次回（お昼）は№3まで入れましょう、とのこと。これを今後1日3回、1本を15分くらいずつ入れるのだ。こんなの、今後自分ひとりでできるのかね？と、さすがに不安。

それにしても、大穴を開けたくせに、ダイレーションのとき以外は意外なくらい痛くない。こんなもんかー。

実験の昼

さあ、オープン&ダイレーションの一連の儀式も終わり、やっと立ちあがれるのだ。3日ぶり！

まずは自分で立って洗面所に行って歯みがきがしたい。念のため、ナースコールして付き添ってもらい、わずか数メートル先の洗面所へ。洗面所に来たらちょうどンンコもしたくなり、ああ、浣腸ナシでずいぶん出てホッとしました。チン子がないと少しふんばりにくい気がする。まあ気のせいかもしれませんね。で、歯もみがいて、ゆっくり歩いて、戻り……あ、ちょっとくらっとした。ヤバいかな。一応トイレ内のナースコールボタン押しとこうか……、あ、

……

気づいたらナースさん数人に運ばれてベッドへ搬入されるところでした。うわーまた失神しちまったよ。今回は、単に数日ぶりに歩いたということで貧血になってしまったようでした。ちょっと休憩しなきゃ。

しかし私は寝てる間におもしろいことを思いついた。

Q. チン子に力を入れる（つもりになる）と、どこが動くのだろうか？

おそるおそる鏡を見てみる。

A. 全然予想しない部分（大陰唇のあたり？）が動きました。

ふしぎだー。何なんでしょうこれは。ほんとに人の体の一部なのか？ 穴が

ボカンと開いてて、無防備すぎだよ。こんなものに欲情するのかね？　ふしぎー。

でも、チン子がなくなったとおもうと、どんなことがあってもチン子の存在がばれることはないんだなーと思ってホッとします。うれしいっていうよりホッとする。

さて、その日もヒマでしょうがないから、またテレビを見てばかりです。ああもうBSニュースの音楽は聞き飽きた。NHKワールドばっかり見てしまう。テニス全豪オープンも見た。テニスって初めてきちんと見たけど、おもしろいね。ロジャー・フェデラーがすごくかっこよくて、ファンになりました。

お昼ごはんを食べてからは、懲りもせずナースコールしてまた歩行にチャレンジします。貧血がなんだっつうの。だってヒマでヒマでしょうがないんだもん。

しかし、さすがに倒れはしなかったけど、激しく疲れる。廊下をちょっと歩いただけですぐ戻りました。

その後、またトイレに行ったのだけど、なぜかンコのほうだけ出てオシッコが出ない。というか、**尿意が分からない！**　チン子がなくなったから、オシッコがしたいのかどうかが分からないんです。この感覚は摩訶不思議でした。

おしゃべりの夜

さて、15時。初めての自力ダイレーションです。ナースのJさんがついていてくれて、準備や片づけをやってくれる。No.1から始めて、No.3も5インチの深さまで意外にすんなり入った。激痛ではないけど、座薬を押し込まれるような感覚に似てる。全豪オープンでシャラポワが負けるのを生放送のテレビで見ながら膣に異物を挿入する私なのでした。

押し込んでいる間は、あーこんなのでセックスできるのかね……と一抹の不安がよぎるが、そんなことよりも私はセックスの相手について心配するがよい。

16時。オシッコしたいのかな？ と思って（やはり尿意が曖昧）、ナース付きでトイレまで行ってみたけど、出ない。と、そのとき、廊下にいるYちゃんと会いました。

Yちゃんはひとりで楽に歩けるようだけど、傷跡はかなり痛いらしい。私は傷は拍子抜けなくらい痛くないけど、歩くのは人が付いてないと危うい。体調は人それぞれなんです。……というか、たぶん私の体調の悪さのほうが異常なのだ。

後からYちゃんは私の部屋に来てくれて、私たちはいろいろしゃべりました。ひさしぶりに日本語でたくさんしゃべれて、お互いの精神衛生上とってもよかったみたい。こんな遠くの地で仲のいい子ができて、ホッとしたよ。

2人で話した結果、新マン子ってば**グロすぎ、開きすぎ、腫れすぎ、ほんとに治るの？**っていう感想は共通だった。病院の人はみんな親切だよね、という感想も共通。そして、2人ともなぜか、やたらとオナラが出るのも共通……。便秘か下痢か、おなかの調子が両極端で、やたらガスばかり出るのだ。

私たちはこんな場所でこんなカッコでスッピンで、もはやオナラなんか恥ずかしがる神経はない。「ごめんちょっとオナラ出る」と、ふつうに音ありのオナラを何度もしながらしゃべりつづけました。

そして、ついでに私たちは退院したあと同じホテルに泊まろう！と約束。退院後の1週間、2人でいたほうが楽しそうだもんね。

……とはいえ、私は体調が不安で、予定通り（なんと2日後!!）に退院できる自信がない。私はちゃんと退院できるんだろうか……。

今日の晩ご飯はチャーハン。旺盛な食欲で完食。

しかしオシッコが出ない。

尿意みたいなものは感じるんだけど、2回トイレに行っても出ず。というか、どこに力を入れてどこの力を抜けば出るのか、分からない。新しい器官に体が慣れていないのだ。結局、カテーテル再挿入になってしまい、またアメリカのおばさんみたいに絶叫してしまった。痛いんだもん。

でも、朝ぶっ倒れたのを考えるとだいぶ快復したものです。それもYちゃんや Kate のおかげだよ。わりと度胸はすわってるつもりだったけど、無意識にさみしさはつのっていたんだと思う。

夜のダイレーションは、いつもめんどくさそうな顔のナースCさんに手伝ってもらいつつやりとげる。ダイレ後の妙な疲労感に包まれ、新装開店の忙しい1日は終了。爆睡。

かなりヘンな体勢で
私の病室のソファーに座るYちゃん
だってー
痛いんだもーん。
超痛くない？？
すっごい細い

14日目

犬の日

当初の予定では退院1日前です。

……いやー、ムリだろこれは。だって歩くのも精一杯だもん。このあとホテルで1週間滞在するといったって、きっと食事で外に出るのもおぼつかないぜ。

朝6時半の体温チェックには、Kate が来ました。健康なときは薄暗いところで皮肉な笑いばかり浮かべるような私だけど、こういうときは Kate の元気さとか明るさがすごくうれしい。まさに白衣の天使！

朝食後、先生が来て、カテーテルを取ってしまいました。退院は1日延ばそう、とのこと。延ばすのはいいけど、1日かい！大丈夫か？

朝のダイレ後は、体調もマシでどうにか歩けそうなのでYちゃんの病室まで行って少ししゃべりました。そしてそのままYちゃんとのんびり1階に歩いて行き、売店でいっしょにチョコチップアイスを食べる。

暑いけど、ここは風が通ってきもちいい。ああ、外を歩けるってステキ。あ、すぐそばに犬が……。

犬⁉ 犬って！これは、マ、マイペンライでいいのか？

あくまでもココは
病院内の
テラスカフェだ。
マイペンライ…
犬きらいらしい
びくっ
犬かよ!!
……
でろーん
あんまり
カワイくない

どう見ても野良犬。ここ病院のカフェなのに。あくまでも病院内なのに。

昼、15時からのダイレのときには、ちょっと膣が浅くなった気がした。ああ、いちいち気にしてしまう。そしてダイレ後に薬を塗るときは、我が体ながらどこが何だか分からん。

この日の夕食は、ベッドを起こして食べるのではなく、机と椅子で食べるのに挑戦しました。うん、痛くはない。でも、変にお尻が落ちつかないのでギブアップ。けっきょくベッドの上で食べました。食欲は旺盛です。

また便秘気味なので、下剤を頼んだらイチゴミルク色の液体が来ました。Kateはそれを指さしながら「Good!!」とか言うのです。「アロイ?」と聞いてみたら、笑顔で「アローイ!」だって(タイ語「アロイ」=「おいしい」)。薬はアロイほどじゃないけど、イチゴ味でたしかにマシでした。でも、効かなかった……。ンンコ詰まりモードのまま就寝。

オシッコ特集

さて、カテーテルをとってしまったこの日からは、きちんとオシッコができるようになったのです。そんなわけで、14日目のオシッコ大特集をお届けします。

カテーテルをとったその朝のこと。ダイレの途中で尿意のようなものが来た。トイレに行ってみたら、初めてちゃんと出たよ！　うれしい！　きもちいい！　爽快！　放尿！

しかし、出方が自由奔放すぎ。前に飛ぶわ後ろに飛ぶわ、ももやお尻を伝わって「うへぇ……」となるわ、尿がヤンチャぶりを発揮なさるんです。まだ患部も腫れてるから、最初はしょうがないらしい。

そのあとYちゃんと話をしたら、「私はなぜか立たなきゃ出ないんだよー」と言う。女子になって立ちションに逆戻りとは、いとをかしきことかな。

お昼。クリトリスのあたりに変な感覚（快感ではない）が来て、あれ？これが尿意だっけ？と思ってトイレに行ったけど、また出し方が分かんなくなっちゃった。あれ？さっきどうやったら出たんだっけ？

その後何回かトイレに行ったけど、どうしても出し方が分からない。思いきって、Yちゃん法を採用して、立ってみた。

便器に足をかけて銅像のように立ったら……出せた。

小便小僧をはるかにこえる、威厳をたたえた堂々たる放尿像。ああ、床も便器もビシャビシャですが、シャワーで流せるからだいじょうぶです。

午後のダイレ後、またも尿意らしきものが。今度はちゃんと座ってできた。

ああ、やっと出し方が少しずつ分かってきたよ。

オシッコは予想だにしないところから出るんです。このころのオシッコを出すときの感覚は、以下のような感じであった。

便器に腰をかけ、スタンバイ。ああ、いま尿道を進んできてるなー、そうそう、その感じ、いいよー、ここで力を入れずに自然にしてれば出るはず、よし、もうすぐ出るね、あ、出口まで来たかな、もうそろそろ出……え? もう出てる!? てゆーか、そこ!? そうくる? ふつうそこから出る!? うわ、しかも出すぎ! ちょっと!

思ったよりやたら下のほうから、そして思ったより早めに出る。そのうえ、四方八方放射状態。和式は絶対ムリ。クリの変な感覚と尿意の区別もつかなくて、最初は困りものでした。

もちろん、今は体も慣れて問題なく排尿してますので、ご心配なく。

放尿像（2007年制作作品）
うわー
こんな体勢で
やっと出たよ
ピシャー
一部 自主規制しております

コラム

タイ病院事情もろもろ

さて、病院のスケジュールやもろもろのことを解説してみましょうかね。

病院の朝は早い。朝6時ころ、ナースさんが体温と血圧を測りに入ってきます。だいたいこれで起きてしまいます。寝るのも早いから二度寝はしない。

8時少し前に朝食が来ます。

8時半ころ、清拭。寝たまま（立ちあがれるときは立って）、体や顔を拭いてくれる。そのときに歯みがきもする。東京で言えば真夏の気候なので、正直、拭くだけじゃあんまり気持ちよくないのだけど……。シャワーが浴びられないうちはしょうがない。

9時ころ、掃除のおばさんが掃除に来ます。窓が開けられ、いつも風が吹き込む爽やかな朝。私がいた間は乾季だったので、雨は一度もふりませんでしたよ。さすがです。

そのあと、回診。時間は微妙にずれるけど、執刀医のS先生はほぼ毎日来る。今日は来ないのかな……？　と思ってダイレしてたりすると突然来るので、あせります。

回診が終わってからダイレ。だいたい45分くらいかかる。

その後はとてもヒマ。テレビを見たり本を読んだり。

11時ころ、お昼ごはん。早すぎる。どう考えても時間のバランス悪いと思うんだけど。

2回目のダイレはだいたい3時くらいなので、お昼ごはん後からはとってもヒマ。テレビか読書か、Yちゃんのところを行き来してしゃべるか、そんな感じで時間をつぶします。3時にダイレしてから、また6時のごはんまでヒマ。

6時にごはん。またヒマ。9時ころダイレ。

あとはもう、することもないので寝る。

こう書いてみると、朝以外は徹底的にヒマだ。

生茶のCMは画面にふつうに日本語が出てきたからびっくりした。
日本語
あいうえお
生茶
タイ語はてきとうです…
SHARP
たぶん日本語教室みたいな設定
おお!!

ヒマなときは本も読むけど、けっこうタイのテレビも見てました。突然ロリエや生茶など日本でおなじみすぎるもののＣＭをやるので、おもしろいのです。ペットボトルのミネラルウォーターはたのめばいくらでももらえる。テレビも無制限だし、クリーニングも頼めば無料でやってくれる。このへんは日本の病院より待遇がよいのでした。

ま、その分入院費はけっこう払ってますからね……。おカネ、飛んだなあ……。

コラム

15日目

退院1日前？

本来なら退院日だったけど、明日に延びた15日目。朝の診察はやけにあっさり、というか、S先生はせかせかと忙しそうで、「退院は昨日言ったとおり明日、退院後の診察は5日後」ってことだけを言うだけ言って、行っちゃった。おいおいだいじょうぶか。

ま、退院後はホテルで静かにしていれば大丈夫かなあ。退院日も再診察日も全部Yちゃんといっしょになったみたいだし、それなら安心かな。

この日の朝は、おなかが張って苦しいし、出そうとしても肛門は痛いしで、結局2度目の浣腸に……。ああ、ほんとにもうやりたくない。

浣腸後、ンンコが出尽くしたと思われる午前11時ころやっとダイレ。時間がいつもより空いたから、どうしても浅くなったような気がしちゃう。怖いなあ。しかも、ダイレ終了後は膣から水が漏る。うえー。いちいち不快でめんどくさい。これ、半年もやるのかよー。

ところでダイレ中はあられもないかっこうになるので、個室とはいえ一応ベッド脇のカーテンを閉めているのだけど、ためらいもなくカーテンを開けてお昼ごはんが来ました。ま、配膳する側としては、何回も見た平凡な景色なんだろうな……。

この日はなんだかクリトリスがビリビリして、気になってしょうがない。痛くも気持ちよくもないけど、気になりすぎて疲れる。……これはオシッコするとなくなったので、何と、どうやら尿意らしい。うわー。まだ体が自覚できてない！

午後、このところヒマなときお世話になるテレビはchannel[v]です。音楽チャンネルで、香港とマレーシアとUAEでやっているみたい。もちろん英語放送だけど、音楽なら楽しめる。アメリカンなヒットチューンをだらだら鑑賞する平和な昼下がりです。

この日は注文した大量の「潤滑ゼリー」がダンボール箱で登場。ダイレの時に使う潤滑ゼリーは、日本で買うと高いのでここで大量に買って持って帰ったほうがよいらしいのだ。これが思ったより多い。そして超重い！ 持って帰れるのか、これ。

夕方、トレーニングのつもりで下の売店まで一人で歩いてみた。クッキーと

バナナケーキを30バーツ（約90円）で買った。やっぱり疲れる、……でもどうにかなりそうだ、と言い聞かせつつ。

夕食も、旺盛な食欲であっという間に完食。そのあとYちゃんが来て、話をして過ごしました。明日いっしょに退院できるからよかったよねー、まだ1週間ホテルにいなきゃいけないけど、日本に帰るまでムリしない程度にいっしょに遊ぼう！

……と楽しく話していたのがまさかその後の展開の伏線のようになるなんて、その時の2人は気づくよしもない。

16日目

延長おねがいします

いつものとおり、6時起き。パンケーキを食べて、清拭を受け、ダイレをするいつもの朝。あー、本当に今日退院するのかなあ。実感がない。

退院の手つづきもよく分からずに午前中だらだらしているところへ、ちょっと深刻そうなMさんが来た。え、何？

「Yちゃんの患部の状態がよくなくて、今日退院できなくなっちゃったのよえぇー⁉ 私より全然体調よさそうだったのに。あ、でも、確かに私よりは痛そうだったなあ……。

……」

話によれば、ごく軽いものだけど再手術が必要で、退院が1週間くらい延びるらしい。私といっしょの退院を楽しみにしていたYちゃんはショックで大荒れし、大泣きしたらしい。いやいやそりゃまあ気持ちは分かるわ。私もショックだもん。1人で退院するのも不安だし……。

お昼にS先生が診察に来た。私のほうは患部の状態はよくて、退院は可とのこと。だけど、私自身はまだ1人じゃ歩くのも不安なのだ。正直言って、まだ退院したくないなあ。

……ちょっと悩みまして。

Yちゃんのこともあるし、お願いして、入院を4日後（本来は再診察日）まで延ばしてもらうことにしました。Mさんに聞くと、届けを出せば外出も外食もしていいのだと。むしろ、ちょっと外を歩いたほうがいいんじゃない？と勧められた。うん、この延長期間に外に出る練習をしよう。それがいい。

午後、大泣きしたというYちゃんの様子が心配なので、見に行くとわりと元気だった。というか、めっちゃ怒ってる……。退院できないストレスをぶちまけまくってる。うはは。一安心。泣いて落ちこんでどうしようもないより、怒ってるほうが精神衛生上いいわなあ。

こうして2人ともますますヒマを持てあますことになったので、午後は病院内をうろうろ歩きまわった。

夕食のときもYちゃんが私の部屋に来て、いっしょにごはんを食べる。

Yちゃんの勤め先の話をしているとき、突然Yちゃんが叫んだ。

「ウェルカムトゥ！ サブナード!!」

「うっわそれ超似てるよ！　アハハハ。私もよく通るよ、あそこ！」

「マジでー！　私もいつも通るもん」

　こんな日本から何千キロも離れた場所で、日本のめっちゃローカルな話をしてるのが笑える。日本にいても、サブナードの話題なんてまず出ないもんな。地元ネタで盛りあがる同窓会みたいなノリになってきました。

　体調はというと相変わらずですが、こうして盛り上がれるんだからずいぶん快復したのだ。

※サブナードは新宿駅そばの地下街です。
いつもこういうアナウンス音楽が流れてます。
どうでもいいが。

17日目

娑婆《しゃば》の昼

さあ延長1日目。朝はンンコもちゃんと出たし、尿意ももうしっかり感じる。人間の体の適応力はすごいもんです。

延長期間は外に出る練習をするつもりだったので、さっそく今日からYちゃんと外出することにしました。まず、病院のとなりの巨大スーパーまで行ってみる。入院初日にいろいろ買いに行った場所です。あのころは何でもない行動だったけど、2週間も外に出ていないのだから一大冒険です。中に美容室もあるということなので、まずは美容室でこの子犬くさい髪を洗ってもらって、お昼ごはんもそこの中のお店で取って、軽く買いものでもして帰ってこよう、と。

さて、外に出るために実に2週間ぶりにメイク。メイクのしかたが何だかぎこちない。さらに、2週間ぶりのパンツ!! そうです、この間はずっと下着ナシでスカスカ状態だったのです。パンツをはくと、「あ、なくなった……」というのをかなり実感する。すごいヘンな感覚。

術後間もないから、患部からはまだオリモノのようなものが出てしまう。初めてナプキンというものをちゃんと使いました。つけかたがよく分かんないので、てきとーに。

そして、2週間ぶりに私服になった。服を着替えるだけで体調が戻ったような気になる。私はともかく、私服のYちゃんはまぶしすぎました。足、ますます細い!!! ミニスカ! 私は絶対はけねー!

病院は傾斜地に建っていて、幹線道路に面している正面玄関は3階になってます。以前は正面から出てスーパーに行ったのだけど、この日は1階のカフェの奥の裏口から出たので、ゴミゴミした裏通りに来た。外だ！　娑婆《しゃば》だ！

建物を出たらすぐ、ニコニコしたおっちゃんが寄ってきて身ぶり付きで「テクシ？　テクシ？」と聞いてきます。いや、隣に行くんだからタクシーはいらないッス。ああ、タイを感じる。

裏通りをのろのろ歩いて巨大スーパーに入り、まずは4階の美容室へ。シャンプーだけで美容室に行くのは生まれて初めてです。エキゾチックでスタイルのいい美容師さんがちょっと強めに、かなり丁寧に洗ってくれました。言いようもなく爽快!!　実質的には2週間ぶりの洗髪ですもん。値段は忘れてしまったけど、日本円で1000円以下だったはず。安い。

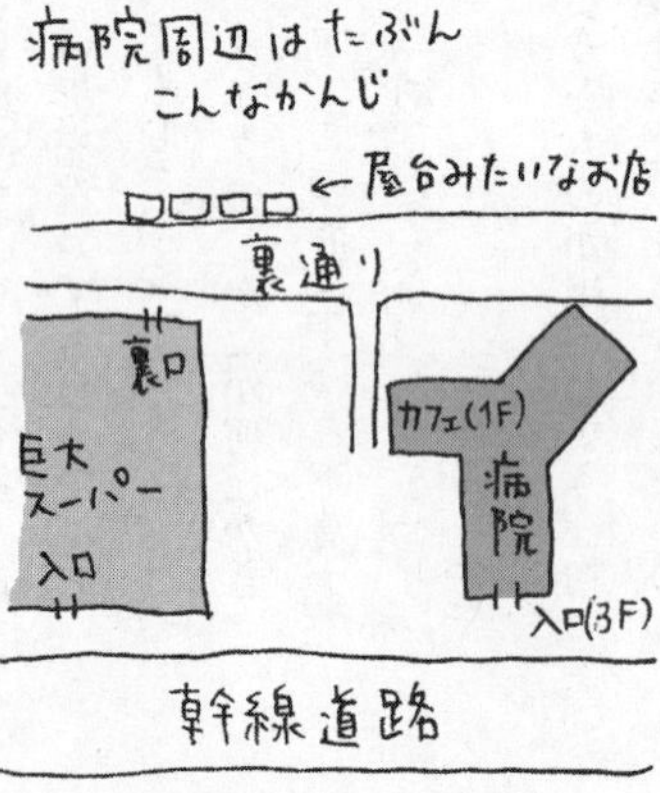
病院周辺はたぶん
こんなかんじ
←屋台みたいなお店
裏通り
裏口
巨大スーパー
入口
カフェ(1F)
病院
入口(3F)
幹線道路

ところで私のブローを担当してくれた人は、声や顔は男でたぶんメイクもしてないんだけど、茶髪（結局この人以外茶髪のタイ人を1人も見なかった。すごく珍しい）で、微妙に胸とシリが張ってるし（なぜ?）、ニューハーフなのかな?と、つい観察してしまいました。ま、タイにはふつうに多いと聞きますからね。

さあ気持ちよく髪を洗った2人はスーパーの探検を始めましたよ。

フルーツの夜

Yちゃんは、2週間の鬱屈したものを発散していてとっても元気。

「あ! あそこ行こう! サングラス買いたい! あーでもアタシ日焼け止め買わなきゃ! あ、サンダルかわいい! ねえかわいくない? 買っちゃっていいかなー」

のろのろ歩く私は、孫を見るおばあちゃんのような感じでついてゆく。

お昼はケンタッキーで、久しぶりにファーストフードの味を楽しみました。ハンバーガーの味は全然日本と変わらないけど、ふつうのイスに座るのが久しぶりだからお尻が痛くてしょうがない。でも、すごくうれしい。

南国フルーツ好きな私はスーパーに来たら絶対にフルーツを買いたかったので、次は青果コーナーへ。山積みになっているマンゴスチンとドラゴンフルーツを1コずついそいそとレジに持っていって買おうとしたら、後ろにいたおじさんに突然日本語で声をかけられた。

「そのまんまじゃダメだよ！　量り売りだから」

びっくりした！　おじさん、日本人でした。現地に住んでるのかな。私もカタカナで文字が書いてあるTシャツなんか着てるから、日本人だとバレバレだ。

フルーツの重さを量って、ドラゴンフルーツ18B《バーツ》、マンゴスチン2・5B《バーツ》。合わせて、日本円で60円程度……。これ、日本だったらヘタすりゃ1000円近くするよ！　やっぱり違うね、南国は。

ほかにも雑貨や服や、さんざんスーパーを見物して、帰りは3階の表玄関からのろのろ帰りました。幹線道路沿いはほんとに暑い。

さて、少し気晴らしにはなったけど、夜にはまたピンク病衣に逆戻りです。

このころには尿意が正確になったのはいいけど、まだいまいちトイレがスムーズではなかった。

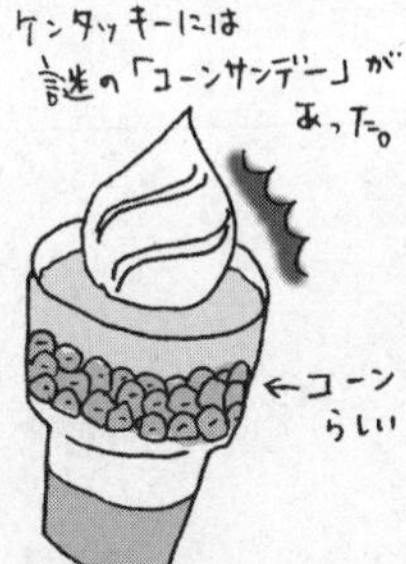
ケンタッキーには
謎の「コーンサンデー」が
あった。
←コーン
らしい
挑戦すればよかった…

ンンコがしたい↓トイレに行く↓オシッコが出て↓ンンコが出て↓オシッコが出る。

おお。体がまだちょっと混乱してる。しかも、時々うっかりチン子を押さえそうになる。お！もうないよ！と毎回笑っちゃう。

夕食時にはドラゴンフルーツを半分食べました。半分は明日ね。

久しぶりに外に出られて、かなりリラックスの夜。夜はYちゃんとだらだらしゃべりながらやりすごせるし、居心地いいなあ、ここは。

しかしこのスーパーでの買いものが、結果として私にとって唯一の観光となったのである。帰国への道は近いようで遠い。

向こうで量ってもらうんだよ
えっあっ…ありがとうございます
おじさんは最初ふつうにタイ人に見えた。
小バエはけっこうたかってる。平気
50

18日目

丸出しの日

前の日、よく歩きまわったせいか、お尻が痛いしクリもヒリヒリする。ちょうどダイレ中に先生が来た。少し浅くなってるのは、押し込みが足りないらしい。もう少しがんばれ、とのこと。しょうがない、がんばるか……。

このときの私のスケジュールを説明すると……退院は延びたので20日目の予定。飛行機は安くすますためにＦＩＸでとっていたので、もともと22日目に帰国便に乗る予定だった。ということはホテルで2泊するのだけど、せっかくだから海くらいは見たい。だから、ビーチのほうのホテルを予約してもらいました。手術しましたよ、という証明書ももらった。いよいよ退院の機運高まるような気がする。

わりと体は調子がよいので、このあいだ届いた大量のゼリーをトランクに詰め込みます。ものすごい重量になった。これ、持って帰れるんだろうか……。不安。

シャワーを浴びたいと言ったら、ナースさんが患部にガーゼとビニールを貼ってくれた。私は一部傷の治りが悪いので、まだ濡らさないほうがいいらしい。それでも自分でシャワーを浴びられる幸せ！

さて、相変わらず病院内では下着をはいちゃいけないので、シャワーの後は**上着だけ着て、下は丸出し**で部屋の中にいる私。どうせ個室なんだし、暑いし、まだたまに膣からオリモノみたいのが出るから病衣を汚しちゃうし、このほうが都合がいい。

ああそうだ、昨日買ったマンゴスチンでも食べよう。これはどうやって食べるんだろう？　ナイフで割ろうとしたけど固くてムリ。ちょっとむいてなめてみたけど苦い。まだここは皮だ。皮がかなり厚そう。んーこれはどうしたら……と考えてるところに、たまたまナースWさん（愛想ナシ）が入ってきた。ちょうどよかったー。どう食べるのか聞こう。

話しかけようとしたところで、Wさんが怪訝《けげん》な顔をしていることに気づいた。あーやべー。私下半身丸出しだった……。

病院の中で、さんざん下を見られているのでそっちの恥ずかしさがぶっ飛んでしまって、胸を見られるのは恥ずかしいくせに下を見られることにあんまり意識がいかないのだ。いや、いかんよこれは。はやく矯正しなきゃ。

マンゴスチンは、Wさんが手でバキッと割ってくれました。ああ、力任せに割ればよかったのね。一口食べて、私はフレンドリーに**「アロイ☆（おいしい）」**と言ってみたのに**「フーン……」**という感じで愛想のないWさん。ほほえみの国の例外であります。

今日はYちゃんが遊びに来ないので、例の再手術の日なのかな、と思ってテレビを見つつ就寝。平穏な日でした。

19日目

大転落日

夜中に何回か起きちゃったりして、眠りが浅くて朝からどうも調子が悪かった。

いよいよ、マジで明日退院かー。それはそれで淋しいもんだなあ、なんて思いつつの、朝。軽いめまいがする。具合が悪いので、しばらく寝ていました。

Mさんが来たときに、わたしの持病のことを聞かれた。いちおう退院前に、そっちの専門の先生に診てもらえるらしい。タイの専門医に説明できるようにMさんに英訳してもらおうと、かなり長くメモを書きました。

書き終えると、文字を書くという作業だけで妙に消耗して、具合がますます悪くなってきた。めまいがひどすぎて、頭すら起こせなくなってきた。ほとんど寝た体勢なので、食欲はあるのに昼ご飯がうまく食べられない。

ナースさんを呼んで食事を助けてもらって、……タイに来て初めて泣く。

次の日退院ってときにとつぜん体調が悪化して自力でごはんも食べられないってのはきついってば。たった2日前にはスーパーに行ったりできたのに、なんでここにきていまさら……。

しかし、さらに悪循環が私を襲う。泣いたことで呼吸が乱れてしまい、なんだか息が吸いづらくなり、あれ？と思ってるうちに、体力が最低の状態で過呼吸に突入。

手術なんかよりも、ダイレなんかよりも、これが入院中でいちばんきつかった。過呼吸ってこんなにつらいのかと。というか、そのときは過呼吸だなんて全く思わなかった。本格的に何かヤバい病気になったんだと思った。脳とかの。過呼吸って、言葉は軽いけど、この時は声も出せなくなり、手足が硬直して動かせず、冷たくなって全く感覚がなくなった。だから気持ちは思いっきりパニックになる。しかも、1時間ぶっ通し。1時間ずっとその状態で、頭ガンガン痛くて、しかも意識ははっきりしてる。過呼吸なめたらあかん。

あまりの状況に、ナースさん数人とドクターとMさんが集まってきて、注射だの点滴だの、たぶんいろいろされた(パニックなので覚えてない)。そんな最悪のタイミングで、何も知らないYちゃんが私の病室へ遊びに来ました。しかしただごとでない雰囲気におののき、退散。いやー。ビビらせたね、あの時は。ごめんね。

ドクターは一貫して「大したことないから落ちついて、ゆっくり息を吸うように」と。そうなんですよね。過呼吸って、病気ではないからあまり危険ではない。でもそのときの私に「そうか大丈夫なんだ」なんて思えるわけがない。

本気で死を覚悟したりしつつも、2時間もたつと少し落ちついてきた。手足のしびれも少しずつ治ってきた。それでも相変わらず頭も起こせないので、点滴続行。くたばったまま夜を迎える。

そういえば、過呼吸発作のあいだ、私は実家の電話番号を叫んでました。万が一のときに親に連絡してもらうため。

私の知り合いは強烈な腹痛で死を覚悟したとき（実際は食中毒ですぐ快復）、遺産の分け方を叫んだらしい。まだ若いのに。みんな、死を直前にすると案外冷静なもんですね。死んでないけど。

このときはトイレにも行けなくなったので、寝たままオシッコできるおまるみたいなのを持ってきてもらったのだけど、またまたオシッコの出し方が分かんなくなった。でもこれってたぶん、手術関係なくみんなそうなんじゃなかろうか。「寝た状態でオシッコしちゃいけない」って、脳が止めているんだと思うんですよね。四苦八苦してどうにか寝たまま排尿。

もう、明日退院もムリだろ……。どうにでもなれ、治るまでいくらでも居座ってやる、という気持ちで就寝。

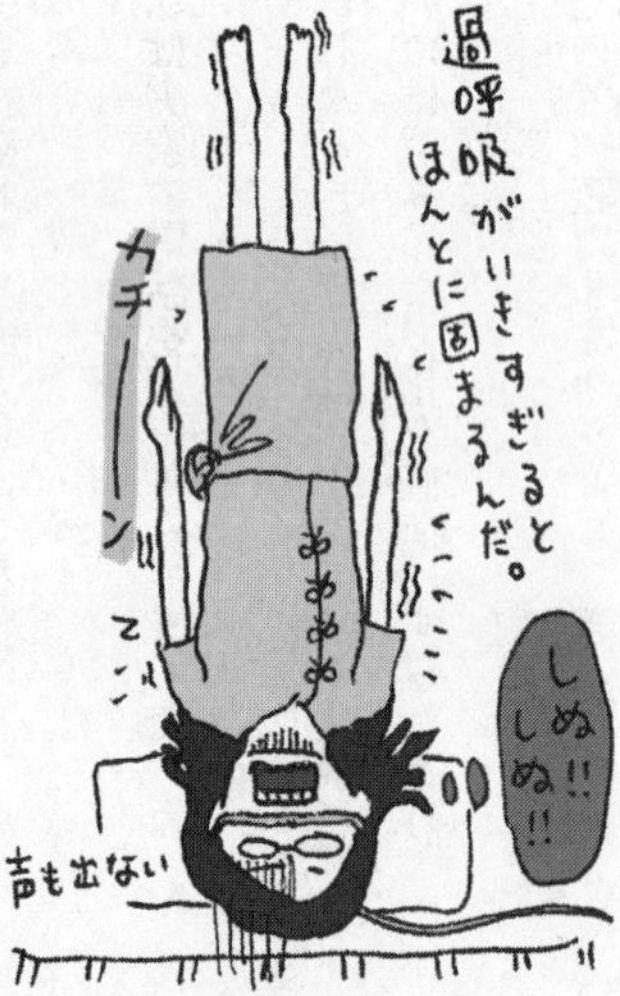
過呼吸がいきすぎると
ほんとに固まるんだ。
しぬ!!
しぬ!!
カチーン
声も出ない

20日目

考える日

最悪の日から夜を経て、翌日朝。

まだ少しめまいがあるけど、前日よりはかなりマシ。ギリギリ自力で歩けるかな、という程度でした。病は気からだってばよ。元気出せよ。コラ。不似合いな体育会系文句を日記に書きなぐる。しゃれにならない気分だったのだ、この時は。いちばんメンタルに来てた。もはやチン子取り手術がどうこうよりも、持病の問題になっていた。

朝食は完食。昨日は弱気になって親に電話しようかと思ったけど、今日になって踏みとどまる。強気。

2時から持病のほうの診察と聞いていたのだけど、11時半に迎えが来ました。なんだそりゃー。この国がマイペンライとはいえ、2時間半早まるってどういうこっちゃ。

車イスで3階の外来受付に連れていかれる。ヒマなのでたくさんいる患者さん(国際色豊か)を観察していたら、日本語で「かわいい」と書かれたTシャツを着たタイ人の女の子を見つけた。ナウいね、日本語! 決してまちがってないよ。

この日の先生の診察によると、私の持病の状態は帰国するのには問題ない程度だから、こっちで全部診るよりも、予定通り帰国して落ちついてから日本で診てもらったほうがいいだろう、とのこと。とはいえ、私の希望で退院は再延長です。今日退院できるとは思えないので、帰国便のギリギリまでここにいることにしました。

病院だってもちろんボランティアではないので、1日退院が延びればその分医療費も増える。日本円換算で、1日1万強。いいホテルに泊まって少し豪華に外食すればそのくらいになるような気もするので、まあいいか、安いもんだ、と思うことにしました。

お昼の1時ころ、苦楽をともにしたYちゃんが退院ということで私の病室にあいさつに来ました。とても元気そう。絶対日本で会おうね、と約束して、Yちゃんは出ていきました（果たしてその数か月後、きちんと再会したのだ）。

Yちゃんが行ってしまって、気持ち的にガランとした。ここに来て初めてモヤモヤいろいろ考えた。ここはMさん、S先生、始終いろんな人が来てくれるし、みんな優しいし、さみしくないからやっていけるのだ。ナースU.さんやKateはただ元気かどうかたしかめに声をかけに来てくれる、ほんとにいい人。

待合室にいた女の子
日本語ってかっこいいのかな…？
「かわいい」「KAWAII」と書いてあるTシャツなのです。
かわいい
KAWAII KAWAII

私には人がいないとダメだ。日本に帰って人に会わなきゃいけない。

外の工事（病院の増築工事？）は、朝8時にも夜10時にもやってる。タイ人って実はすごく働き者なんじゃないだろうか。……なんて思いながら、再延長の夜、就寝。

21日目

余裕なし

もう後がない、退院（というか帰りの航空便）の1日前の朝。わりときっちり立ちあがれる。よし。

体の清拭は、立った状態でしてもらいました。当然裸になるんだけど、私のお腹は出ている。服を着てるとさほど分かんないんだけどさ、私、脱いだら、すごいんです。妊婦かよ！っていう状態だから。清拭してくれるナースさん

3人が私のお腹を見て何か言ってるので、私もおなかをムチッとつまんだりしてえへへ~出てるっしょ~と愛想笑いをする。すると、ナースSさんも「私も太っちゃったのよーアハハ」みたいなこと（たぶん）を言う。出っ腹で国際コミュニケーションだぜ。

ナースさんによると、私のマン子は「スーアイ」だって。スーアイはきれいって意味。お世辞かもしれないけど、ほっとします。

先生が診察に来て、抜糸は明日やりましょうとのこと。あ、抜糸なんてまだあったんだ……。

髪を洗いたいから、自分でシャワーも浴びた。ちょっとめまいがするけど、だいじょうぶ。意地でも帰るんだからね。ダイレ中も疲れるし神経使うので、ちょっと具合が悪くなったりする、でも、病は気から、と唱えまくり。

夜、初めて実家に電話を入れた。ベッドのすぐそばの電話から日本の実家に電話ができるっていうのが何だか不思議。正直言って体調はよくないけど、とにかくあさっての朝着く便で帰る、ということだけをシンプルに伝えた。

退院まぎわで2回も延長になっているから、この日はまた何か起こるんじゃないかと、不安でしょうがなかった。でも、体調は決して悪いほうじゃない。このままならどうにか次の日帰れそうかな。いや、帰るんだよ、ムリにでも。

この日のメモには「絶対に帰る、体は大丈夫」と5回くらい書いてる。余裕なかったんだよな。

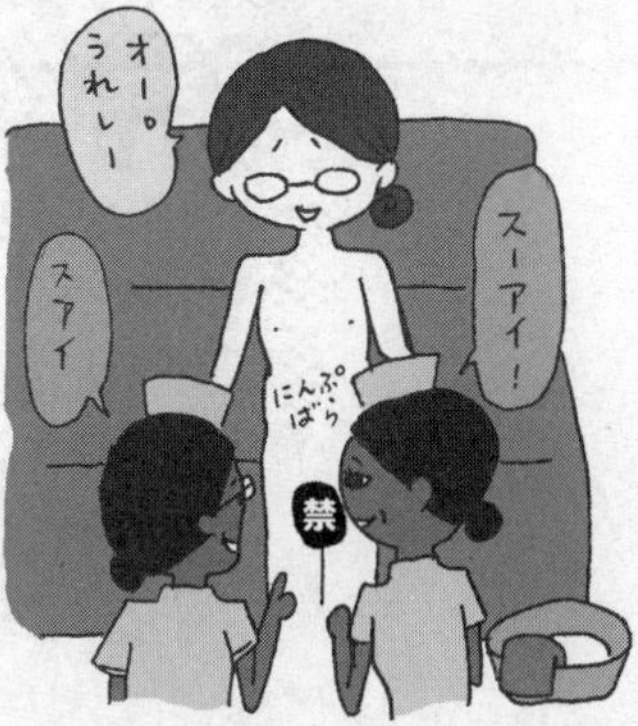

けっこうすごい光景

22日目

また来るよ

退院の日、というより帰国便の日。予定の飛行機は、夜タイを出て翌朝成田に着きます。

この日帰れなければ、もう全く先が読めない。朝の体調は前の日と同じくらい、かな。微妙。歩けないことはない。でも帰れる。帰れるにちがいない。

朝9時半、いつもどおりダイレしてたら先生が来て、抜糸するからオペルームに行くよと突然呼ばれました。手術室で、膣口の糸を切られる。麻酔もないし、チクチクしてけっこう痛い。

オペが終わって、患部の様子を見て、術後の状態の説明を少ししてくれてから、いつの間にか先生はどこかに行っちゃった。あれ？ もしかして先生とはこれでお別れですか？ あいさつも何にもしてないのに……。

いいや、また来ればいいんだよ。今度こそ単に旅行で、会いに来ればいいんだよ。

お昼になって、だいぶ調子はいいみたい。昼ごはんを食べ終わったあとは、もう気持ちを切りかえるためにピンクの病衣を脱いで、私服に戻っちゃった。帰るんだよ、私は。

今日は退院する日だからもう診察もないし、ナースさんもほとんど来ない。荷物もMさんに手伝ってもらってまとめ終わったし、お金の追加分もカードで払って、やることは全部終わっちゃった。Mさんも午後はべつの仕事があるので、これでお別れ。ほんとうにお世話になりました。

あとは19時くらいに出発するまで、何もない。ただただテレビばかり見てる。その間、たまたま来たナースのSさんとWさんと、いっしょに写真を撮っておきました。Sさんはたぶん看護学校を出たばかりじゃないかな。若くて、元気ない い子。Wさんはあんまり愛想のない、前にマンゴスチンを割ってくれた子。いっしょに写真を撮ろうって言ったら、少しびっくりして笑ってくれた。スタイルいい美人さんです。Kate とも撮っておきたかったけど、この日に限っていなかったみたいで、私は英語でメッセージを残しておいた。

病院最後のごはんは、いちばん好きだったプーケット風黄色麺。

外が暗くなり始めて、18時45分くらい。予定より早く、病室にお迎えの人が来た。病院の手配で、なんと、ずっと車イスで移動。すごくありがたい。車イスを押されて、静かに病院を抜けた。

3週間は、長かったけど嫌じゃなかったよ。この病院とこの風土のおかげです。おみやげくらい買いたかったけどしょうがないよ、絶対また来るよ。ここはいいところ。

唯一のおみやげ
地味…
初日に買ったお香セット。

おまけ（現地調達）

運転手Sさんの車で病院から空港へ行きます。さよならタイ。こんなリゾート地に来たくせに私は海さえ見ていない。観光といえば、最初の日にヤギ乳を買ったコンビニとフルーツを買ったスーパーだけじゃないか。コンビニとスーパーしか行かない海外旅行って何なんだ。罰ゲームかよ。絶対もう1回来てやる、と、ゲートでほほえむ国王様の肖像に誓う私でありました。

空港に着くと、ぜんぶ車イス対応で手つづきしてくれているらしく、まるでVIP待遇。空港のスタッフさんがつきっきりで、出国のチェックも荷物検査も行列をスルーして最前列へ。荷物はぜんぶ持ってくれるし、飛行機への搭乗も先乗り。機内まで空港スタッフがついて来てくれる。私のすることといえば「パスポートを出してください」と言われたときに出す、というだけ。

ほかにも「トイレはいいですか？」とか、「何か買いたいものは？」とか、笑顔でマメに聞いてくれる。不謹慎だけど、障害待遇ってすっげー。成田に着くまで、いや、着いてからも成田のスタッフがついてくれ、成田から自宅近くに行くバスに乗るまで結局私は飛行機内とトイレ以外全く歩いていません。

ちなみにバンコクの空港で私についてくれたスタッフさんは、坂口憲二から濃さをちょっとぬいたくらいのいい感じのタイ風イケメンで、そんな人にいろいろ世話を焼いてもらえるのは、正直うれしかった。執事をつけた姫気分。

あ、前の本で話に出た**「現地調達」**、これだな!(『オカマだけどOLやってます。完全版』p.298参照)彼に世話を焼いてもらえただけで十分現地調達だよ。

名前も知らないけど、タイの坂口くん、ありがとう☆

坂口くん(仮)は待ち時間とてもヒマそうで、手すりにつかまって遊んだりしてて、微萌え。
かわいい
ブラ〜ン

コラム

女湯、隠す問題

手術の数年前から女やってる私だが、手術前では経験できないものもある。たとえば、女湯。今はもうチン子取っちゃったから、ためらわずに入っちゃっていいわけです。

術後にさっそく、近所の銭湯に行ってきました。いずれ温泉なんかにも行くだろうし、慣れといたほうがいいだろう、って。

ほら、こう見えても私、今までまともに女子の裸見てないわけですから。多少見慣れておきたいし、お風呂で若者がどんなふうにふるまうかとか、どこを隠すのかとか、いちおう押さえておきたいんで。

だから、閉店まぎわの銭湯に行ってみました。遅い時間なら少しは若者がいるんじゃないかな。

夜10時。少しドキドキ。入口をガラッとあけると視線が集中する。ま、ドアが開いたらふつうみんな見るよな。と思いつつ、少しビビる。

さて、……あれ？ 平均年齢50歳くらい……か？ みんな、どこも隠してねえよ……。全裸、全開でふつうに歩いてらっしゃいます。20代30代は皆無。うわ、これ、参考にならないよ……。

とりあえず女湯に入るという経験値だけは積みましたが、若い女子のふるまい観察という目的は全く達成できず。

みんな、タオルでどこまで隠しますか。オトコだったら小さなタオルでチン子だけ隠せるけど、チチとマン子隠すにはけっこうでかいタオルが必要じゃないですか。なんか、効率悪すぎじゃないですか。

結局「隠す問題」は解決しないまま、私は温泉に行くことになる。（つづく）

裸になるとオバサンとオッサンの区別ってけっこうつかないよなぁ
オバサンごめん。

コラム

本番の温泉

このあいだ女湯に行ったのは、予習。本番はなんと家族旅行です。お父さんとお母さんがですね、旅行に行こうと言ってきたのですよ。だから、母と温泉に入る前に、とりあえず銭湯行って慣れておこうかなあ、という企みだったわけだ。

さて、旅行は夏のお休みを使って行ってまいりまして、温泉にも入りましたとも。

結果。

「意外と隠す」

まー、私は銭湯でも学んだとおり、そんなに隠さないもんだろうなあと思って、さらーっと裸になったわけですが。まず、私よりも前に入った母が、大浴場に入る前にす

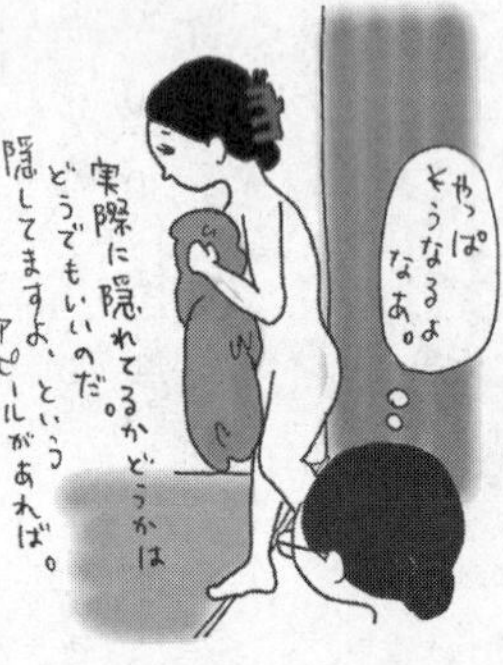
やっぱそうなるよなあ。
実際に隠れてるかどうかはどうでもいいのだ。
隠してますよ、というアピールがあれば。

すっと隠しているのを見た。あの、タオルを胸元に軽く当てて下まで少し垂れてて、「実際に隠れているかどうかはともかく、いちおう隠してみたんです」という主張程度のヤツ。

　さらに、私が出た後に入ろうとしていた高校生くらいの子は、けっこう大きめのタオルを丸めた感じで胸のあたりでわさっと持っていた。

　ま、そんなんでも、大浴場に入って体を洗ったあとはなんかみんなどっちでもいい感じになってましたけども。そのスタンスが大事なんだろうな。

　……そしてさらに、この家族旅行のあとにも友だちと何か所か温泉に行ったのだけど、それを経て今の時点での私の結論。

「やっぱり隠さない」

　もうねえ、人それぞれとしか言いようがないよね……。

コラム

魔法の手

私のチチは何らかの物質を注入したりしてませんので、女性ホルモンで心なしかもりあがった程度の小品でございます。寝ると、「あれ？どこに行かれました？」という感じで見失っちゃうようなまぼろしの丘です。

だから、下着を買うとき、今までわたしはきちんと店員さんに見てもらったことはなかった。自分だけでちょっと試着してみて、なんか合わないような気がしてももういいや、Aカップならだいじょぶだよ（やけくそ）、という感じで買っていたのだった。

しかしある日、腹を決めて、店員さんに見てもらうことにした。タイでさんざんマン子さらけだしておいて今さら「おっぱいは恥ずかしいの☆」もないだろう。私のお友だちいわく、「店員さんは魔法の手で、ありえないところから肉を持ってきて寄せてカップにおさめてくれる」のだと。それは楽しみじゃないか。

さて、勇んで某店に行って店員さんに聞いてみると、「商品はぜんぶBからです」とのこと。それでも「カップがあまり深くないので、Aの方でも比較的合いやすいですよ」とおっしゃる。そんなん言うんやったら合わせてもらおうやないか。おう。私は気に入ったデザインのBをいくつか試着室に持っていって装着。もう体をなげうってまかせる感じで（しかし腹はせいいっぱい引っこめて）店員さんを待った。

失礼しまーすといいながら店員さんは肋骨のあたりからぐいぐい肉を押しあげ、横からもぐいぐい寄せ、あ、あれ？　意外と、ぴったりおさまる感じ？

すごい！　Bいけるじゃん私！

試着室の中、ブラいっちょうでひそかにテンションがあがる。

「この形ですとほかにもかわいいのがありますし、そちらですとアンダーをもう1つあげたほうがフィット感はあがるかもしれませんねー。お持ちしましょうか？」

はいはい。全部持ってきてくださいませ。

やっべ。B。私B。大出世した気分。勢いづいてブラを試着すること7つか8つ、結局2つお買いあげ。

やあ、チン子取りとともに、私チチも出世いたしました。まちを歩く人に笑顔で声をかけ、「あの、私Bなんスよ!」と言ってあげたいほどうれしい。

その後の1、実際どうなんだ

さて、帰国後のゴタゴタを大幅カットして、健康も快復し、ずいぶん生活も落ちついたところで、あらためて。術後のアレの調子は、実際のところどうなんだ。まあその、自分のマン子の話をするのが好きな女なんていないでしょうし、控えめにレポートです。

マン子ができた感想としては、**「グロい」「清潔ではない（ような気がする）」「オシッコがめんどくさくなった」**の3本。

あ、裸になってもバレることがなくなったので気持ち的には圧倒的に楽ですよ、もちろん。でも、機能的な感想としては、この3本です。

チン子のほうがオシッコするには便利だし、おしっこしたあとふかなくてもいいなんて、なんて清潔だったんだろうと思う。女も最初から尿を出すところがチン子的だったらいいのに、と思います。

とはいえ、もう1年以上経ったので、いろんなことに完全に慣れました。でも、もとの部分を残して手術してるので、チン子的な感覚が不思議とあるんですよね。なんかタマブクロのあたりがかゆい！と思っても実際にはどこだかよく分かんなかったりとか（これ、けっこうつらい）。

ダイレは自分なりにがんばってたつもりなんだけど、ぶっちゃけ、深さは浅くなりました。4インチあるかないかって感じ。ドクターの最終チェックのときに、「治りの悪い部分があって縮みやすいかもしれないからダイレーションは少しがんばらないと」と言われていたのが的中した形です。くやしいけど、体質のせいもあるようだししょうがないかなあ。セックスすると深くなるという話もあるそうです（Yちゃん情報）。真偽は知らん。

見た目の形は、よく分かりません。いい形なのかどうかを確かめる方法も分かんないし。でも、日常生活でのぞきこまれることなんてないから。大丈夫、だろ。

トイペの使用量は非常に増えた。
あらあら
もうなくなった

その後の2、紙切れのはなし

術後、3か月ほどたって。我が家に1通の封筒が届いたわけです。
おおかた中身は分かってますよ。分かっていますけれど、開けるのすんげえドキドキ。
そして、開けてみたら入っていたもの。

けっこうふつうの封筒でくるのね…
茶封筒だった。
能町様
さいばんしょ
ドキドキ

平成19年（家）第△号　性別の取扱いの変更申立事件

審判

本　籍　　○○

住　所　　△△

申立人　　■■　昭和x年x月x日生

主文

申立人の性別の取扱を男から女に変更する。

理由

第1　申立ての主旨　主文同旨

第2　当裁判所の判断

1　医師○○および同○○の診断書を含む本件記録によれば、次の事実が認められる。

(1) 申立人は、昭和x年x月x日、父■■及び母■■の長男として出生した。

申立人は、生物学的性別は男性であるが、幼少期から自己の性別に違和感を感じ続けており、平成x年x月以降は、女性△△として勤務するなど、女性としての生活を送っている。

(2) 申立人は、〈1〉平成x年x月x日から○○において精神的サポートを受けているほか、平成x年x月x日からは△△においても並行して精神的サポートを受けている。また、〈2〉平成x年x月ころから平成x年x月x日までは薬剤を個人で購入してホルモン療法を行い、同月x日からは□□において継続的にホルモン療法を実施している。加えて、〈3〉平成19年x月x日及びx月x日に■■病院において精巣切除術、膣形成術及び外性器女性化形成術を受けた結果、申立人は、生殖腺がなく、その身体について他の性別に係る部分に近似する外観を備えるに至った。

(3) 申立人は、現在、婚姻をしておらず、子もいない。

2　以上の事実によれば、申立人は、性同一性障害者であり、性同一性障害者の性別の取扱いの特例に関する法律3条1項各号のいずれにも該当すると認められるから、その性別の取扱いを男から女に変更するのが相当である。

3　よって、主文の通り審判する。

(以下略。日付や名前などプライバシー関係のところは伏せ字)

こんな通知が届いて、みごとに私はオカマではなくなったわけでございます。性別が変わるとこんな通知が来るんだぜ。主文とか理由とか、かたっくるしくて笑っちゃうね。

正直、この紙切れ1枚はけっこううれしかった。OLになったりチン子取れたりしたときよりもうれしかった。

それがなぜかといったら、やっぱり「もう何もしなくていい」ってことにつきますね。紙切れ1枚で、女になれたという実感なんてわきませんよ。だいたい、いちいち自分がまだ男だとか今は女だとか実感したりしないもんだと思う、ふつうは。そんなことより、**あーもーほんっとにめんどくさかった、でも一連のおしごとは終わった、あーつかれた、おつかれーッス！**っていう気持ちです。

なんだかね、通知の中の、**「他の性別に係る部分に近似する外観」**っていうのが、なんとも笑えるよね。間違いない記述だ、「近似」。さぞかし近似しているんでしょうね。マン子に。

〈番外編〉リベンジ・タイランド

へろへろで退院したあのとき、絶対にもう1回観光でここに来る、と私は国王像に誓った。

その誓いは案外早くかなえることができました。うまく都合もつき、友だちのイチノエさん(生まれつきチン子ない女子。平日に休める貴重な存在)といっしょにタイ観光に行く予定が立ったのだ。6泊7日、夜着いて朝出るから実質的には丸5日間の旅です。4日間はプーケット、イチノエさんは事情によりそこで帰国して、最後の1日は私だけバンコク。

手術から丸1年、私はもはやチン子がどんなふうについていたのかさえ思い出せません。パスポートの性別欄もFです。さあ今度こそ、ふつうにタイを観光して、ついでに病院に寄って再診してもらって、楽しく帰ろうではないか。

なにしろ手術で行ったときは、プーケットに行ったというのに海さえ見ていないんだから。

2008年3月下旬。前と同じタイ国際航空で、私は約1年2か月ぶりにプーケットに降り立ちました。健康体で。

空気にまず感激。この暑苦しい、香辛料くさくてほこりくさい、独特の空気感の場所に再びやってこれたのだー。すっげー暑い！　でも、いい！

着いた日の翌日、午後。少し街歩きをして時間をつぶしてから、久しぶりの、なつかしの病院へ再診に行きます。MさんとS先生に、無事になった姿（と下半身）を見せねば。

トゥクトゥク（軽トラックの荷台に屋根とイスだけつけたような、タクシーのようなもの）を拾って病院に到着すると、なつかしの病院は増築中で、だ

プーケットのトゥクトゥクはみんな赤い。
窓じゃなくて、吹き抜け

いぶ様子が変わっていました。しばらくして現れたMさんと私は、無事の再会を喜び合った。なにしろ前に別れたときの私は自立歩行も危ないほどでしたからね。たくましくなって戻ってきただよ！

イチノエさんには1階のカフェで待ってもらって、私だけMさんに連れられてS先生の診察を受けに行きます。

例のピンクの服を着て、手術室のような部屋に入る。あ、ここって退院直前

病院までのトゥクトゥクのおっちゃんが持ってた「紹介カード」
(実際はお互い片言の英語です)

病院まで100B《バーツ》で行ってよー
100Bかー うーん まいったなー
よしじゃあ100Bで行く。だから
そのかわりある店に入ってくれ
あやしい…
何も買わなくていい、客を紹介したってことでオレがスタンプをもらえるんだ。それがほしいだけだから
ほら
そんなスタンプカードがあるんだ!!

↑このあと店に連れていかれたけど、ほんとに何も買わなくてよかった。
(でもイチノエさんはまんまと何やら買っちゃってました)

に抜糸を受けたところじゃん。あれ、まだ先生来てないじゃん……。ナースさんに言われるままに、股をおっぴろげて診察準備万端の体勢でS先生を待つことに。このデリカシーのなさだけは相変わらずで、どうにかしてほしいもんだ。

そういえば、退院直前にもこの姿勢で別れたんだった……。そんなことを思っていると、S先生が明るく登場です。別れたときと全く同じ、あられもないかっこうでごあいさつ。もういいっすよ、もはや恥ずかしくないです。

ひととおり患部の様子を診察してもらったあと、診察料がタダでいいと言われてびっくり。海外から手術に来たあと再診に来る人はそんなにいないし、こちらの参考にもなるからいいんですって。なんと寛大な。いや、その分まで手術代を払っているということか。

入院してたときは帰り際に何もする余裕がなかったけど、今回は着替えてからちゃんと記念にMさん、S先生と3人で写真を撮っておきました。これでやっと、きちんと退院した気になりました。

プーケットでの滞在中、私たちはプーケットの田舎町を楽しみまくった。しつこい呼び込みに根負けして、どう見てもインド人の男が「これはタイ料理だ」と主張するインドカレー（しかも値段が高い）を食べたり、豚の頭がつり下がり魚が山積みになったマーケットの一角で安くておいしい激辛カレーを食べたり、最初に泊まったホテルの前のなつかしの時計台に行ったら時刻が直っていて感動したり、イチノエさんに引きずられてノーヘルで爽快にバイクタクシーに乗ったり、前に挑戦できなかったケンタッキーのコーンサンデーを食べたり（ふつうにおいしかった。日本のメニューにも入れてほしい）、見たことない果物を大量に買いこんで食べ散らかしたり、屋台をハシゴして麺類を食べまくったり、そのときに何も考えずに出された水をがぶがぶ飲んでたけどおなかの調子はすこぶる良かったり（ふつう店で出される水は生水の可能性が大きいのでやめといたほうが賢明です）、でもイチノエさんはお腹をこわしたり、野良犬が多かったり、そういえば日本で野良犬って見なくなったなあ、と思ったり。

あ、そういえば、元々は「せっかくリゾート地に来たんだから、海くらい見たい」と思ってリベンジを誓ったんですよね。もちろん海にも行きましたよ。旅の恥はかき捨てとばかりに、ビキニまで買って、たるんだ腹を見せながら着てしまったんですよ。

うん、海は確かにものすごくきれいだった。足下で魚がたくさん泳いでて、夢のようでした。

でも、私は結局そういう、絵はがきになりそうな景色よりはゴミゴミした街のほうが好きなんだなあ。南国に来てもそっちのほうばかり楽しんでしまう。元水泳部のイチノエさんさえ、そう言っていた。ま、我々

なぜか街中で、パンフレットを逆さに持って
すっごい一所懸命話しかけてきた子(3才くらい)
×△×△×!!
△△△××!!
…呼びこみ?
へんな
もち方
してた
PHUKET
ものすごくかわいかった。
何が伝えたかったのかなあ…

はこんなもんだ。しょうがないよね。

最終日。イチノエさんと別れ、私だけバンコクの街に行く。今回、知人のつてでバンコク在住の方を紹介してもらい、少しだけバンコクも見ていけることになったのです。

バンコクをガイドしてくれるのは、短期滞在中の日本人Kさんと、タイ在住の学生Fさん。Fさんはお父さんが日本人で、日本語もタイ語も流暢《りゅうちょう》です。

さっそくわたしはさまざまな疑問をぶつけてみる。まず第1問。

「黄色い服着てる人がやたら多いけど、あれ何なんすかね?」

プーケットでもバンコクでも、黄色いポロシャツの人は男女問わずほんとうにたくさん見た。たいてい、胸に王家の紋章みたいなものが入ってる。私の見たところでは、街を歩く6~7人に1人はそれを着てた。

聞くところによると、タイには曜日ごとにシンボルカラーがあり、王様の誕生日の月曜は黄色なんだそうです。今のプミポン国王が2006年に在位60周年を迎えて、その祝典を機にこのポロシャツが大流行したらしい。さらには最近、王様は一時的な体調不良で入院。その後無事に退院したとき、御用達の占い師の薦めでピンクの服を着ていたということで、ピンクも大流行中らしい。ポロシャツやTシャツには一応王室のオフィシャル品もあるけど、パクリもんはいくらでも流通している。確かに、プーケットの地方臭のするスーパーでも黄色い服はものすごくたくさん見ました。背中にLOVE KINGって書いてあったりします。

　Fさんいわく、タイ人は日本人よりも流行に左右されやすいんじゃないか、という。

さらにつっこんで聞いてみた
Fさん パンクバンドのベーシスト。今どきの若者
え
あの黄色いシャツって、イケてるんですかね?
いや…イケてはいないでしょ 20代前半の人は着ないですよ…
あ、やっぱり…
でも私の見る限りでは
20代前半もけっこう着てたけどなあ

確かに、これだけ黄色い服を見せつけられると納得せざるをえない。

さて、第2問、第3問をつづけてどうぞ。

「タイの人ってミロ（ネスレのココア風飲料）好きですよね？」

「タイの人って体重測るの好きなんですか？」

日本でもおなじみのミロだけど、タイでやたら人気があるみたいなんです。広告もすごく見るし、マクドナルドに入ると「ミロフロート」がある。

ま、これは「確かに好きですよね」という返答で、特に理由は分かりませんでした。なんでだろうな。

そして、第3問。スーパーやコンビニのドア外のあたりに、1B《バーツ》で体重が測れる体重計がよく置いてあるのです。あれ、なんなんだろうな。これも、2人に聞いても特に理由は分からず。日本でも5円くらいで測れるようなのを置いといたら、案外みんな測るのかもね。

さて、私は2人に案内されて、大都会バンコクの中心部をいろいろめぐらせてもらいました。小さなテナントがごちゃごちゃに積み重なったような巨大ビル「マーブンクロンセンター」は、お客が白人ばかり。Tシャツと手袋を同時に売ってたりして、まるで季節感がありません。ここに冬はないもんなあ。上階のほうは、昔の秋葉原のようなカオスぶり。当たり前のように違法コピーソフトやゲームを売っています。

そういえば、この建物の入り口には金属探知ゲートがある。テロ事件以来設置されたんだそうですが、ピーピー鳴っていても誰にも呼び止められたりしません。というか、かなりの頻度でピーピー鳴ってます。ゆるすぎる。意味ねー。

外に出ると、そこはいわばタイの原宿、「サイアムスクエア」。たむろする高校生の姿は日本人と全く変わりません。比較的新しいデパートもたくさん建っていて、中には有名ブランドから独特のセンスのかわいいオリジナルブランドまであり、ふつうに丸1日買い物を楽しめそうです。ああそうか、プーケットで売ってた服がいまいちパッとしないとおもってたのは、やっぱり地方だからなのだ。大都会に来ればそりゃあ十分楽しめるよなあ。

アジア一とも言われる巨大デパート「サイアムパラゴン」は、なんと地下が水族館になっているという。しかも、Kさんいわく「タイ人はいいかげんだから魚がどんどん死ぬのよー」うははは。いや、笑いごとじゃないけど。すごい分かるわー。

ナイトバザールもセンスのいいお店がたくさん出ているというので、地下鉄とモノレールをあえて両方乗りながら目的地へ。モノレールは、いま行っちゃったと思ったら1分もしないうちに次のが来ました。「ま、テキトーな時間に来ますよ」とFさん。運転はテキトーでない感じでお願いしたいです。地下鉄に乗るときには、これもテロ対策なのでしょうが、なんとバッグの中をチェックされます。しかしチェックの速さが異常。1秒と見ていない。ぜったい爆弾持ってても入れるだろ、コレ……。

たどりついたナイトバザールは、芸術志向の若者や小団体が自作品を即売していようなお店ばかりでした。簡素で小さなお店が平たく寄り集まっている。

ここは、南国の海よりも、プーケットの街並みよりも、はるかに感激が大きかった。こんなに活気があって、創造力にあふれてて、洗練されているお店の集合体なんて、きっと日本にはありません。家具、絵、雑貨、服、どれもすばらしいセンスで、しかも安い。ついつい自分用にステキなノートを買ってしまいました。Ｆさんも思わず購入。

あとから聞いたところによると、このナイトバザール、開発によって撤退させられる可能性があるらしい。わー、私の好きなお店は、日本でもタイでもどんどんなくなっていくのね。おねがいだからその計画は白紙に戻していただきたいです。いつか再訪させてください！

急ぎ足のバンコク観光の最後、夜はタ

店頭では
例の人も「ワイ」をしてるんです
かおが
日本より
怖く
ないか？

イらしく妖しい通りへ繰り出しました。ゴーゴーバーの立ち並ぶ通りは通勤ラッシュ並みの人ごみで、どうにか通りぬけながらゲイバーでシメの飲みです。ゲイではないFさんは「正直いごこち悪いっすよ……」と笑うけれど、それでも大学のクラスは3分の1くらいがゲイだと言う。マジっすか。Kさんは、ゲイコミュニティ関係のフライヤーやらパンフレットを大量に私にくれた。これをどうしろと。……いや、おもしろいけど。

そんなこんなで、1週間でわりとあわただしく動き回ったタイ旅行は十分にあのときのリベンジとなりました。ああ、またここに来られて本当によかった。こんどは飽きるまでのんびりしたい。ラブキング。ラブタイランド。ガイドしてくれたKさん、Fさん、ありがとうございました。

文庫版あとがき

手術記にちょいちょい顔を出す「持病」のこと。

タイに渡航する前から、実はちょっと体調不良の兆しがあったんです。でも、ここで手術を取りやめたら次の予約は半年以上先になってしまうし、そのときに体調万全という保証もない。だから予定どおり行くのがベストだ、と当時の私は思っていました。さすがに命をかけたくはなかったから、しっかり国内で検査してもらったし、タイの病院でも術前の検査をしました。そして、どちらからも「大丈夫でしょう」と言われて手術にのぞみました。

結果として、ね、死ななかったから確かに「大丈夫」だったんですけど。

実は帰国してから、持病のほうで国内の病院に即入院&手術、というほどの重大な状況になっていたんです。詳細は面倒なので省きますが、ざっくり言うと心臓病です。国内でも、タイのときと同じくらい入院しちゃったよ。持病が極端に悪化したのは、おそらく手術のせいで体力が弱まったため。ほんとは性転換どころじゃない体調だったのかもしれない。

まえがきにも書いたように、この本は性転換手術とそのあとの軽い観光のことだけで気楽〜な内容にするつもりだったんです。でも、持病がおもいっきり顔を出して入院延長となってしまったので、そこだけうやむやにするわけにもいかない。結果として、不本意ながら部分的にかなりハードコアな内容の入院記となってしまったのだ。

ところで、文庫化前のこの本は「たのしいせいてんかんツアー」という題名でした。タイに性転換に行ったことを単純に思い出してみると、体の辛さは別として「楽しかった」ので、ごく素直につけたものです。今回文庫化にあたっては、身体の大変さをこれだけ書いておいて「たのしい」もないかなあ、と思い直して「トロピカル」に改題しましたが、どちらにしろ、のほほんとした雰囲気を出したかったわけです。

でもこの題名には、性同一性障害についての世間の風潮にちょっと反抗したい気持ちも少しあった。

「私は心が女なのに認めてもらえなくて、親とはうまくいかなくて、世間の目は冷たくて、でも理解してくれる人もいて、そして辛い辛い手術をして、やっと女に『戻れ』て、親とも和解して……ものすごーく辛い人生だったけどいまは幸せです」……的な。

ゆーたらアレですよ、私だって感動巨編にはできますわ。何しろ入院生活のヤバさはトップクラスなわけだし。でも不幸なんて、探せばいくらでも出てくる。自虐の塊の私は週一週二で「私は世界一不幸だ」って思って悲劇に浸ってみるけど、それはあくまで自分基準。私くらいの不幸なんてたぶん星の数。ほじくりだした自分のありがちな不幸を丁寧にショーケースに並べてひとさまにお見せするなんていう行為を思うと、私は顔から火が出るような、新幹線に正面から突進するような気分です。「感動・悲劇」で自分を語るのは気持ちが悪い。

ついでに言うと、性同一性障害は「（外見が）とてもきれい、（内面も）女より女らしい」っていう風潮も嫌だ。女より女らしい人は、女じゃないよ。ふつうの女はもっと男らしい。テレビやネット上で見る性同一性障害の人たちになんで「ふつうの女」がいないのか、ということに、私はつねづね苛立ちを覚えていました。

いっそのこと、性同一性障害がもっと単純に「精神病の一種」ってことにならないかなあ。私は医学的根拠も何にもないけど、勝手にそう思ってるんです。胎内での遺伝子がなんやかやで脳が女だとかなんとか言われてるけど、そんなのどうでもいいよ、ウソじゃねーの。「私は世界の帝王だ」とか「私は実は宇宙人だ」と信じ込んでいる人と同じ程度に、「私は女だ」って言い張る病気なんじゃないのかな。

この手の人たち（もちろん私含め）はみんな異様に「女である」ということにこだわります。そこが何より「ふつうの女」じゃないし、何より病気らしい。こだわりすぎて、自分の体格や年齢を考えない異様な女装をしてしまったり、ふつうの女以上にストイックに美しくなっちゃったり。

だから私は、周りを見ながらうまくバランスをとって、ごくふつうの女であろうとしました。私だって絶対に女として見られたいし、オカマキャラ扱いされたら怒りや悲しさを通り越して思考停止になる。この病気が「世界の帝王」や「宇宙人」と違うところは、体のほうを手術すると治ったような気がすることです。性同一性障害はそのへんがとてもラッキーだとも言えるわけで、私もそれを越えて「病気っぽいこだわり」は年々薄まりつつありますが、きっとこの考えはある種の不治の病なんだと思う。

　ともあれ、トロピカルムード満点の入院生活によって、私は楽しく性転換をしたわけです。その雰囲気が少しでも伝わればいいなあ。

　最後に、文庫化を提案してくれた文藝春秋の馬場さん、編集担当の深尾さん、そしていつもステキな装幀をしあげてくれる葛西さん、快く解説を引き受けてくださった内澤さん、ほんとうにありがとうございました。ついでに、つい一か月ほど前、某ちゃんこ屋でなぜか再会した、「同期入院組」のYちゃん。元気で良かった！

国内の入院の方がよっぽどきつかった。
ラー個室がいいよー
もっと明るいところがいいよー
テレビはタダで見たいよー
タイメシ食べたいよー
シェイクのみたいよー
けっして悪い病院じゃないんだが。

解説

内澤旬子

能町さんとの出会いは、二〇〇七年、夏の終わりくらいだった。上野の一角座という映画館でいきなり

「あのー、テレビにでていた内澤旬子さんですよね」といった具合に声をかけられたのであった。そのまま逃げようかと思ったが、足が硬直して動かない。

「テレビ見てファンになって。ライターやってるんです」と言われて、顔まで強張って、「は、どうも……」と言ったきり、地蔵のように固まってしまった。

『世界屠畜紀行』というルポを上梓して、分不相応なドキュメント番組で取り上げていただいたのが七月のことで、その日を境に周りの人たちにえらいこと騒がれて、穴にもぐって暮らしたいくらい、沈み込んでいた。やっと忘れられたかと思っていた矢先のことである。

若くかわいらしくてお洒落で、しかも彼氏らしき男性と一緒だというのに、ライターをやっていて、しかもあたしのファンだと。変わり者への憧れとか変に見られたい願望でもあるのだろうか。ひゃー、めんどくさそう……。大人気なくも、いじけた思念波を感じ取ったのか、彼女もまた次の言葉が継げずに地蔵になってしまった。

「じゃ、メールを下されば、ね？」

横で見かねた当時の配偶者が助け舟を出してくれて、コクコクと頷いて、ゴニョゴニョとお辞儀して、その場を離れた。もし彼がいなかったら、彼女との縁は繋がらなかっただろう。こればかりは別れた今も感謝している。

その日のうちに送られてきた簡素な挨拶メールには、彼女がやっているというブログのＵＲＬが貼り付けてあった。クリックして開いた瞬間、夜中にも拘らず叫んでしまった。えええ、あの人、男だったの⁇　しかもついこないだ手術したっぽい……。

全然わからなかった。ほんとうに・まったく・これっぽっちも・わからなかった。言われてみればそういう感じ、というのでもなかった。私が持っていた性転換者（男性から女性）のイメージは、「女性よりも女性らしい外見」いや「男性がイメージする女性らしい外見」を好むというもの。テレビや雑誌などから勝手に得たものである。ところが彼女の印象は、色っぽくなく、ギャルっぽくもなく、いかにも文化系な、そりゃあ一角座に映画を見に来るくらいなんだから文化系だろうけど、体型を強調しない、ふわっとした服を着て、化粧も薄くて、ほんとうに見事によくいるタイプの女の子だったのだ。いやはや、不見識であった。そういうタイプの人だって、いても不思議ではないよなあ。

さらに彼女のブログを読んでみて、驚愕した。すごく面白い。身体への違和感という境遇への悲壮感を感じさせず、深刻になりすぎず、けれども気負わずに伝えるべき主張や違和感は盛り込む。視点がぶれない。文章も上手い。で、読み手の下世話な好奇心も、きちんと満足させてくれる。そりゃー人気が出ないわけがない。『オカマだけどOLやってます。』は書籍にもなっていたのですぐに手に入れて読んだ（現在文庫になっているのでこちらも本書とセットで読むと楽しいと思います）。女の声を会得して淡々とOLをこなす彼女の生活がやけにリアルで、いや、リアルなんだから当たり前だが、会社に勤めるひとは、うちの女子社員のだれかももしかして…と思いながら読んだのではないだろうか。

彼女に会って、性転換手術を受けたことについて、聞いてみたい気持ちがムクムクと湧いたけれども、そういう好奇心で彼女を呼び出すのは申し訳ない気がして、たまにメールのやりとりをするだけにとどめた。本が出れば読めばいいのである（すぐに『たのしいせいてんかんツアー』が竹書房から刊行された。タイトルが変わっているが、本書である）。公にしていないことまで聞くのは、ファンだと言ってくれた彼女の気持ちを利用するようで、気が引けた。

そんなウジウジした膠着状況をぶち壊す出来事が、ある日私の身に降りかかる。当時患っていた乳癌のことを書かないかというオファーを編集者からいただいたのだった。

それまで自分の私生活について書いたことはほとんどなかった。ブログですこしだけ書いていたけれど、読者も少なく、乳癌患者の読み物としてではなく、仕事相手にフルタイムで仕事を請けられないけど、治療費は稼ぎたいから半分くらいは欲しいという、はた迷惑な現状を訴えるためのものだ。

病気について本に書くということは、つまりはある程度の私生活を晒さねばならない。しかもちょうど三度目の手術で乳腺を全摘出して、再建、つまりはシリコンを入れようかどうしようか、やっぱ入れようか、うだうだ思い悩んでいる時期でもあった。

乳房再建について書くとなると、単なる日常生活だけではなくて、自分が女としてどう思ってるかだとか、自分の乳房についてどう思うかとか、配偶者や家族との関係だとか、ものすご――く面倒くさいことを、多かれ少なかれ表明しなければならない。いや、そういうことを考えたことがないから、シリコンを入れるかどうか、迷いまくっているというのに。

頭を抱えて悩んでいたときに、ふと能町さんを思い出した。そうだ、彼女に相談してみよう!! いろいろ（いやよく考えたらかなり）事情は違うけど、女のコンプレックスがからまる面倒なところを人工的にいじくるという意味では一緒じゃないか。彼女の絶妙な距離感と視点の保ち方を、教えてもらいたい。いや、とどのつまりは「自分」を語るコツを教えて欲しい。

彼女に連絡をとって会いに行った。そのとき何を話したのかは、よく覚えていない。そうか、こう書けばいいんだ！　というヒントをもらったわけでもなく、ぐだぐだと愚痴を聞いてもらったんじゃないだろうか。ともあれその後いろいろ相談に乗っていただくという形で、以前よりもひんぱんにメールをやりとりするようになり、気がついたら遊び友達になっていた。

乳癌の体験を書くという話はその後中断し、版元を代えて体調まわり全般のことを書くことにして雑誌連載を始め、『身体のいいなり』というタイトルで上梓した。はじめてのエッセイであった。能町さんの『オカマだけどOLやってます。』と本書『トロピカル性転換ツアー』とは似ても似つかないものとなったが、お手本にしたのはこの二冊である。私事で恐縮であるが、私の本は講談社エッセイ賞をいただいてしまった。いやー能町さんのおかげです。感謝しております。

一緒に遊ぶようになっても、私はしばらく彼女の身体のことを根掘り葉掘り聞かなかったつもりだ。本書を読んで一応のことは知ってるからという気持もあったし、彼女が「男であった」という気がしないどころか、ときどき忘れてしまうのだ。「彼氏が欲しい」という話を聞いても、普通の後輩女性からの人生相談と同じように答えてしまい、「いやだって私の場合は……」と言われて、あ、そういえばそうだった、ごめんごめん、忘れてた！　となることも多かった。それほどに彼女を「彼女」と呼ぶことに違和感がない。

『くすぶれ！　モテない系』をはじめに手に取った女性読者は、彼女の身体に以前は男性器がついていたということなど、思いもかけないようで、「私、モテない系なので、能町さんのファンなんですぅー」と言う後輩の女の子たちに、彼女はこういう本も書いているんだよと言うと、仰天されたものだった。

しかしやはり彼女は「女」であって「女」ではない。彼女の立場を私なりに把握したのは、いつごろだろう。作ったモノの形が果たして本当に「本物」と同じなのかという疑いを持ち続ける彼女に、じゃあ私のでよければ見てみるかい？　ということになり、見せ合いっこをした夏からであったろうか。そうとも言えるし、そうではないとも言える。

彼女と話しているときの、「違和感のなさ」が、女同士の気安さからではなくて、どうやらもっと深い部分、自我の屈折のありようが互いに似ていることに起因していることが改めてわかってきて、ようやく彼女のセクシュアリティの立ち位置と自分のそれとの距離が視えてきたのである。世代も違うし、育った家庭環境もなにもかも違うのに、どういうわけか、私たちは根本のところが似ている。彼女がどう思っているのかは聞いたことがないのでわからないけれど。逢うべくして逢えた稀少なる友人なのである。

今回ひさしぶりに本書を読み返してみて、すっごい大変な手術だったんじゃないかと驚いた。以前に読んだときは自分も何度も身体を切り刻んでいたため、痛覚が麻痺していた。メスから遠ざかって読んでみると、比喩でなく本当に痛い話が続く。飄々と書いているけど、言葉の通じない異国での切り貼り、そして持病のことは、さぞかし心細かったであろう。なんとか無事で済んで本当によかったと、今さらながらに思う。本書以後、彼女自身のセクシュアリティを主要テーマに据えた作品は、共著を除いてほとんどない。けれどもすべての作品の奥底のどこかにひっそり息づいているのは自明のことであるからして、『くすぶれ！　モテない系』以後にファンになった方々にもぜひ読んでいただきたいし、また本書のタイトルに惹かれて手に取った方には、ぜひとも能町さんのほかの作品も読まれることをお薦めします。

いまやエッセイだけでなく、コラムにラジオパーソナリティ、そしてテレビにも出て、どんどん活躍の場を広げている彼女を見ていると、私たちのつきあいもそれなりに長くなったのかと思う。数えてみたら六年か。いや、たいして長くもないな。ともあれこれからも身体に気をつけて、死なないでどんどん活躍してください。

最後に。本書にでてくる「フィニート」は、イタリア語で、辞書には完成と書いてあるが、「何々し終わった」という意味でよく使われる。タイに来るイタリア人観光客が多いために根付いたのではないかと。はじめに読んだときから能町さんに逢ったら言おうと思って忘れていた。きっともうご存知とは思うのだが。ではここらで、フィニート。

（文筆家、イラストレーター）

単行本　二〇〇八年九月　竹書房
●ＤＴＰ制作　明昌堂

文春文庫

トロピカル性転換《せいてんかん》ツアー

定価はカバーに表示してあります

2013年12月10日　第1刷

著　者　能町《のうまち》みね子《こ》

発行者　羽鳥好之
発行所　株式会社 文藝春秋

東京都千代田区紀尾井町 3-23　〒102-8008
TEL 03・3265・1211
文藝春秋ホームページ　http://www.bunshun.co.jp

落丁、乱丁本は、お手数ですが小社製作部宛お送り下さい。送料小社負担でお取替致します。

印刷製本・凸版印刷

Printed in Japan
ISBN978-4-16-783897-3

文春文庫　最新刊

凍る炎　アナザーフェイス5　堂場瞬一

十津川警部　京都から愛をこめて　西村京太郎

かわいそうだね？　綿矢りさ

聖夜　佐藤多佳子

空色バトン　笹生陽子

白樫の樹の下で　青山文平

秋山久蔵御用控　虚《うつ》け者《もの》　藤井邦夫

女王ゲーム　木下半太

開幕ベルは華やかに　有吉佐和子

少女外道　皆川博子

余談ばっかり　司馬遼太郎作品の周辺から　和田宏

阿川佐和子のこの人に会いたい9　阿川佐和子

考証要集　秘伝！　NHK時代考証資料　大森洋平

浅田真央　age18―20　宇都宮直子

ユニクロ帝国の光と影　横田増生

食べ物連載　くいいじ　安野モヨコ

ホームレス歌人のいた冬　三山喬

帝国ホテルの不思議　村松友視

トロピカル性転換ツアー　能町みね子

テレビの伝説　長寿番組の秘密　文藝春秋編

ひかりナビで読む　竹取物語　大塚ひかり

ジブリの教科書5　魔女の宅急便　スタジオジブリ＋文春文庫編